光文社文庫

文庫書下ろし

ザ・芸能界マフィア

女王刑事《デカ》・紗倉芽衣子

沢里裕二

光 文 社

この作品はフィクションであり、特定の個人、
団体等とはいっさい関係がありません。

著者

目次

第一章　尾行

1

外苑《がいえん》東《ひがし》通り。

紗倉《さくら》芽《め》衣《い》子《こ》は六本木《ろっぽんぎ》交差点から、東京タワー方面に向かって歩いていた。交差点から百メートルほど進んだあたりだ。

夜風がやけに生温《なまぬる》い。

こんな夜は、一発、ゲリラ豪雨でも降ってくれた方がいい。

その方が街全体がクールダウンするというものだ。

飲みすぎて胃がむかついてるときは、嘔吐した方が楽になるというのと同じ理屈だ。とはいえ、降ったらヤバいので速足で歩く。

ピンクの生地に豹《ひょう》の顔をあしらった自慢のアロハの背中に、じっとりと汗が滲《にじ》み出していた。額にも汗が浮かぶ。

メイクが落ちやしないかと心配になった。

これで土砂降りになったら最悪だ。顔が流れてしまう。

——あいつら、早くどっかに入ってくれないものか。

メイクを気にするのには訳がある。

芽衣子は、ペットボトルの水を飲みながら、うんざりした気分になりだしていた。

目の前を二十代前半と思《おぼ》しき男女が歩いている。

男は茶髪で、黒のTシャツにブルージーンズ。

女の方は、マスタードイエローのタンクトップにカーキ色のワイドパンツで、セミロングの黒髪には赤い毛糸の帽子を被っていた。

踊るように歩いている。

どちらも首や腕に金属製のアクセサリーを付けまくっているので、やたらとジャラジャラ鳴っている。ダンスミュージックが鳴り出したら、いますぐにでも踊り出しそうだ。

それぞれの手には紙袋が握られていた。

渋谷《しぶや》を代表する百貨店の紙袋だが、ストリートギャング風のファッションからは、その紙袋だけが浮いて見えた。

問題はその紙袋だ。


このふたりを尾行して二時間になる。

赤坂《あかさか》二丁目にある全フロアがレンタルオフィスになっている『サクセスプレイス赤坂』の前からだ。

ビルの一階は、私設私書箱専用フロアになっている。

専用カードキーを持つ利用者以外は入室出来ないフロアに、メールボックスが百個ほど並んでいるのだ。

このビルにネットカフェ程度の個室を持ち、私設私書箱を登録すると、名刺やホームページ上では、赤坂に立派なオフィスを構えているように見せかけることができる仕組みだ。

私設私書箱だけを借りることも出来る。

新宿東署《しんじゅくひがし》組織犯罪対策課四係は、二週間ほど前からこの私設私書箱を監視していた。薬物の取引にこの私書箱が使用されているという情報がもたらされたからだ。

新宿東署の組対四係は、準暴力団の監視を主務としている。暴力団指定から漏れている半グレ集団の監視が大半だった。

情報は歌舞伎町《かぶきちょう》のホストクラブに潜入している捜査員からだった。Hという五年も潜っている男だ。

ホストは客の女をマインドコントロールするために覚醒剤《シャブ》やMDMA《エクスタシー》を用いたがる。他の男では味わえないセックスを膚《はだ》に覚え込ませるためだ。

どの店も、原則、薬物を使用したホストは即解雇するという方針を掲げてはいるが、売り上げを競い合うホストは手段を選ぼうとしないのが現実らしい。

芽衣子は四係の係長である勝田光男《かったみつお》から張り込みを命じられた。芽衣子の、群衆の中から怪しい人物を特定する能力を買われたのだ。

あまり察して欲しくなかった能力だった。

これは、すでに抹消されたデータの中にある紗倉芽衣子の技能である。

現在の芽衣子は、太田麻沙美《おおたあさみ》として、新宿東署に勤務している。訳あってのことだ。

尾行の相勤者《バディ》は草柳悠太《くさなぎゆうた》だ。

草柳は、芽衣子と同じ転属組で、二年前まで警視庁捜査二課《ホンシャソウニ》にいた男だ。汚職《サンズイ》が専門だったそうだ。

二係出身者は、裏捜査の座組に組み入れたい専門職でもある。芽衣子は草柳のことを注意深く観察することにした。

お互い、それぞれ別の角度からこの監視任務にあたっていた。

芽衣子は主に定点監視を受け持った。

ビルの前に、大きなガラス窓を持つカフェがあり、そこから日がなビルの出入り口を監視していた。連日そこにいることが不自然に見えないように、ノートパソコンを持ちこみ、原稿を打っているように見せかけた。

ありがちだが『自称ライター』を演じてたわけだ。

学生時代、SMの女王のバイトをしていたこともあり、夕刊紙に『女王日記』なるものを連載していた。したがってライターであることは嘘ではない。

一方の草柳は、毎日変装して、界隈《かいわい》を動き回っていた。

その日、どんな変装をしているかは、芽衣子にもわからなかった。ビルの内部に潜入を試みたりもしていたようだ。

二係時代の草柳は、贈賄《ぞうわい》容疑の企業に清掃員として忍び込み、シュレッダー済みの書類の詰まったゴミ袋をかっさらうのを得意としていたという。署に持ち帰り、何日もかけて、書類や領収書を繋《つな》ぎ合わせ、贈賄の証拠を炙《あぶ》り出していたというのだから、あっぱれな集中力である。

芽衣子には苦手な地道な作業である。

もちろんこれは違法捜査である。ゴミも清掃所に持ち込まれるまでは、企業の資産だからである。

芽衣子は、今日もひたすらビルの前で監視を続けていた。

毎日、カフェラテを飲みながらキーボードを操作し、意識だけはビルのエントランスに集中していた。見るのではなく、意識の集中が大事だった。

不思議なもので、ひとつの風景を意識して観察していると、おかしな行動をしている者は浮き上がって見えてくるものだ。

二日目で、芽衣子は気づいたことがある。

私設私書箱に郵便物が届くのは原則、一日一度だけだ。それも午前中と相場が決まっている。ごく稀に、宅配業者が、メールボックスに入る程度の封筒を配りに来ることもあるが、それは数日に一回程度だ。

にもかかわらず、日に何度も、このメールボックスを点検に来る者たちがいる。

——おかしくないか？

芽衣子は、そこである仮説を浮かべた。

私書箱《ハコ》を契約している者同士が、互いに何かを交換しあっている、としたらどうだ？

大昔の中学生が下駄箱で交換日記するようなやり方だ。

そう考えると納得がいくのだ。

覚醒剤取引に郵便物を使うのはあまりにも稚拙すぎるが、直接、粉と金の交換に利用するならば、私設私書箱はまことに便利な下駄箱となる。

アナログな手法だが、これは意外と足がつかないやり方である。

その視点に立って眺めていると、怪しい者たちが鮮やかに浮かび上がって見えてきた。

毎日、午前十一時頃、まず女がやって来る。いま目の前を歩いている赤い毛糸の帽子の女だ。

彼女は五分ほどで出て行く。

そこから暫くは何ごとも起こらない。

もちろん、ビルの中からふつうに自分宛ての郵便物を取りに来る者はいる。スーツを着たビジネスマン風の者、尖《とが》った恰好をしたフリーランサー風の者、様々だ。

いずれも赤坂にレンタルオフィスを構え、自分を大きく見せようとしている手合いだろうが、覚醒剤取引に絡んでいるとは思えない。レンタルオフィスとはいえ、身許が明らかでなければ借りられない。

芽衣子が注目したのは、午後から夕方にかけてホスト風の男たちが続々とやって来たことだ。

ホストと見立てたのは、派手めのスーツや独特な髪形からだけではない。その男たちも荷物をほとんど持っていなかった。手ぶらなのだ。セカンドバッグすら持っていないので、芽衣子の眼には水商売系だとすぐにわかった。

ビジネスマンならたいていがバッグを持つかリュックを背負っている。

夜の街の客引きたちは、スーツ姿でも手ぶらの男にはほとんど声をかけないという。バッグを持たずに歩いているのは、だいたい同業者か反社と相場が決まっているからだ。

私書箱にやって来たホスト風の男たちは、出て行くときも、手ぶらだった。これは、ポケットに入るレベルの荷物《ブツ》を、受け取ったということか。

芽衣子の瞼の裏に、ある映像が浮かんだ。

再現ドラマらしいセピア色の映像だ。

【ホストが自分の私書箱を開けると、封筒が入っている。中身はチャック付きのポリ袋に入った覚醒剤だ。量は二グラム。通常一回の使用量は、〇・〇二グラムなので、百回分というところだ。自分で使うわけではない。枕ホストにとって、顧客を永遠に繋ぎ止めておくには絶対必要な小道具なのだ。

ポリ袋をポケットに入れると、ホストは、誰も周囲にいないのを確認し、胸ポケットから三十万円入りの封筒を取り出し指定された番号の私書箱へ捩《ねじ》込んだ】

セピアの映像はそこで終わる。

妄想か、予想か。この映像は瞼の裏に三十回以上も浮かんでは消えた。

予想を裏付けるように、毎日、午後八時直前に男がやって来た。

それが、いま目の前を歩いている男だ。男はビルのアクリル製の扉に映る自身の姿を見ては、ダンスのポーズをとるのが癖だった。

いつも、斜め掛けのボディバッグを胸の前にくるようにぶらさげており、五分ほど私書箱室の中にいて、すぐに出て来る。

出て来るときは、常にバッグが膨れて見えた。

現金の回収——そう見立てるのが、正解だと思う。

三十万の五、六人分。回収金額は二百万弱だ。ちょうどボディバッグに収まる厚みでもあった。

芽衣子と草柳は、三日目で、この男女を運び屋と断定した。

草柳がふたりを尾行した。

女は、午前中に私設私書箱を訪れた後は、渋谷の円山町《まるやまちょう》のマンションへと戻っている。デリヘル嬢の待機マンションであった。

女を売春防止法など別件で引っ張るのは容易だが、彼女は、十中八九、中身を知らされずに封筒を投げ入れていただけのはずだ。

——挙げても意味はない。

男の方は、夕方にビルを出ると、タクシーで六本木や西麻布《にしあざぶ》の会員制バーへと戻ることが多かった。たまに歌舞伎町のホストクラブにも顔を出していたという。

さらに捜査してみるとそのバーには『紅蛇連合《ぐじゃれんごう》』の幹部が頻繁に出入りしていることがわかった。

紅蛇連合は、元々は中央《ちゅうおう》線沿線の不良グループの集合体だったが、この十年で新宿、渋谷、池袋《いけぶくろ》から六本木までを勢力範囲に置く一大勢力に成長した。

上野《うえの》を本拠地にする『西郷《さいごう》連合』と首都圏を二分する状態にあり、警視庁は、この二つの半グレ集団を昨年から準暴力団に指定している。

草柳は、ふたりの行動確認だけにとどめた。

ここは泳がせ捜査だ。勇み足にならないように、互いに用心した。

二週間、この監視対象者《マルタイ》は、まったく同じような行動を繰り返していた。

変化したのは今日だ。

午前中に現れた女が、今日に限って折りたたんだ紙袋を小脇に抱えていた。

滞在時間は、いつもの三倍。

十五分後に表に出て来たときには、紙袋が大きく膨れ上がっていた。

草柳が追った。

女は、いつものマンションには戻らず、同じ円山町のラブホテルに入ったという。

出て来たときは手ぶらだったそうだ。

紙袋は誰かの手に渡ったということだ。

その後、草柳が夕方まで、そのラブホを見張った。

だが、紙袋を受け取ったであろう人物の特定は出来なかった。単独の男や風俗嬢の出入りがあまりにも多すぎて、見分けがつかなかったそうだ。もっとも紙袋の中身が現金であったりしたら、同じ紙袋は使うまい。

ラブホテルに、聞き込みをかけては、捜査状況を明かすようなものだ。草柳は、ひたすら出入りする男女を小型カメラで撮影し、署に転送した。

芽衣子は、じっとダンス好きの男が現れるのを待った。

午後八時すぎ、いつもは午前と夕方にわかれてやって来る男女がそろって現れた。さすがに芽衣子も仰天した。すぐに草柳にもメールを打った。

ふたりは、私書箱ルームに消えると、十分ほどで、紙袋をぶらさげて出て来た。この間に出入りした他人はいない。

大きな取引があったと見立てた。

芽衣子は、ただちに四係の係長、勝田光男に報告した。新宿東署のマルボウ刑事としての芽衣子は、チームプレーに徹しているのだ。それ自体が芝居であるが。

『紙袋が満杯なら、新書三十冊ずつは入っているだろう。追え！』

係長の勝田から尾行の指示が出た。

新書とは、百万円の札束の符牒《ふちょう》だ。

ふたりは、紙袋を持ったまま、赤坂サカスの地下のシンガポールレストランに入った。レストランといっても、通路に面したイートイン風の店だ。扉はなく通路から店は見渡せる。

芽衣子は、壁に寄りかかり、スマホを弄《いじ》りながら、ふたりの様子を窺った。

スマホから草柳へメールを飛ばす。

草柳もどこかから、ふたりを目視しているはずだった。

ふたりはブラックペッパー炒飯《チャーハン》とソフトシェルクラブをシェアしながら食べていた。ガーリックをたっぷり使っているようで、いい匂いが漂ってきた。これはタイガービールが進むことだろう。

ふたりとも、大金を運び慣れているのか、傍らに置いた紙袋を気にしている様子はなかった。

食事をし終えても、ふたりはすぐに動こうとしない。さらにタイガービールと揚げ鶏を頼み、楽し気に語り合っていた。

芽衣子は苛立った。

ときたま女が座ったまま肩を揺らして、ダンスの決めポーズを男に伝授したりしている。

的外れであったのだろうか。不安になった。

約一時間半後、ふたりはようやく立ち上がり、酔いを醒ますかのように、歩いて六本木までやって来たのだ。

こっちは、空腹で、野垂れ死にしそうな気分だ。

「ハーイ、ジュンイチ」

アフリカ系の客引きが、マルタイの男に手を振った。

六本木の目抜き通りである外苑東通りには、多くの外国人客引きが立っている。アフリカ系、中東系、東南アジア系、様々だ。外国人パブ、いまどきのクラブ、キャバクラの呼び込みやセキュリティ。雇っている店は、彼らを店のインテリアの一部とみている。

「ヘンリー、やっているかい？」

ジュンイチが腰を前後に振って見せる。

「相手いないよ。普通の女、全然来ないからね」

ヘンリーが肩を竦《すく》めた。

普通の女とは、界隈の遊び人ではなく、六本木のビギナーや外国人観光客を指しているのだ。芽衣子がこの街で女王をしていた頃からの符牒だ。

二〇二〇年までは、アフリカ系のタフな男を求めて、中国人女性客が大挙してやって来ていたものだ。

自国では人目を憚《はばか》り、品行方正を装っている北京《ペキン》や上海《シャンハイ》の富裕層夫人や娘たちが、海を越えた六本木では、本性を露《あらわ》にして男にむしゃぶりつくのだ。共産党幹部の子女も多い。クラブのボディガードやウエイターを務めるアフリカ系は、給料以上にそっちで稼いでいたはずだ。

普通じゃない女は、モデルや界隈で働くキャバ嬢や風俗嬢。クラブの常連客だ。

「アフリカンホストクラブでも作ったらいいじゃん。私、通いつめちゃう」

女が、腰を振りながら言った。騎乗位を連想させる腰つきだ。

「エイミには絞られるだけだからいやだね。ユー、他の女を回してすぐマージン抜くでしょ」

ヘンリーが他のアフリカ系や中東系の客引きの方を向きながら顔を顰《しか》めた。

「一滴も出なくなるまで絞りたいわ」

エイミと呼ばれた女が、左手で筒を作り上下させた。

「エロいね。でもユーたち、客じゃないんだから、さっさと行きなよ。邪魔くさい」中東系らしき男が、横から口を出した。

ジュンイチもエイミもこのあたりでは顔らしい。

「夜中に寄るかも。カモが来たら電話してくれ」

ジュンイチが前進しながらも振り返り笑顔を見せた。カモとはどんな客だろうか。

「来なくていいよ」

ヘンリーが雑《ま》ぜ返している。

「こんな時期でも、リストラも減給もない連中が来るでしょう」

エイミが舌を出しながら言っている。

「来ても、ユーたちには教えない」

ヘンリーの脇にいた、中東系のスキンヘッドに髭面の男が言う。その眼は笑っている。仲間同士のじゃれ合いのようだ。

「明日にでも、入管にチクってやる。在留資格外活動をしているってな」

ジュンイチが、ふたりの外国人に指を突き立てた。

「オーノー。日本語わかりません。ぼくたち、ただの語学留学生です」

ヘンリーがそう言って踵《きびす》を返し、自分の店の扉を開けた。いきなり爆音のユーロビートが歩道に溢れ出す。客はほとんどいない様子。音だけでカラ元気を出しているようだ。

カップルはさっさと進んでいた。人を縫うように前進している。

芽衣子は、ふたりの背中に視線を這《は》わせたまま、あえて距離は縮めず追った。

「ふたりは、飯倉片町《いいぐらかたまち》方面に向かっているわ。そっちはどのへんまで来ているの」

右手の薬指に嵌《は》めた指輪を口元に運び、草柳悠太の位置を確認した。エメラルド色のガラス玉の中にマイクを埋め込んである。

即座に耳に挿《さ》し込んだイヤモニターに野太い声が返って来た。

「ロアビルの前だ。太田が、こっちに向かって歩いているのを目視している」

視線を左に向けると車線を挟んだ向こう側に、四角形の出前用リュックを背負った草柳の姿を認めた。自転車に跨《また》ったままだ。草柳のヘルメットにマイクが仕込まれている。

「似合うわよ。美味《おい》しいトマトソースのパスタとシーザーサラダを、こっち側に届けてくれない」

空腹のピークだった。

「悪いな。小道具のピザならさっき食っちまった。太田、コンビニでなんか買えよ。俺がふたりを見ている」

草柳も当然芽衣子の本当の所属など知らないので、太田と呼んでいる。

自分の本名である『紗倉芽衣子』という名は、すでに警視庁内の人事データから消えている。一年前までは警備部警護課のSPとして登録されていたのだが、残念なことに懲戒免職処分とされてしまった。

理由は、過剰警護だ。

真昼の首都高速で、暴漢の乗ったオートバイのガソリンタンクを狙い撃ちしたシーンを、一般人に動画撮影され、ネットに投稿されてしまったのだ。

テロリストに対する怒りに駆られ、相手を火だるまにしてやらねば気が済まなかったのは事実なのでやむを得ない。

表向き、紗倉芽衣子は、懲戒免職となって警視庁を去った。一般人になって、横浜でひっそりと暮らしている設定になっている。

現実は異動だった。左遷先は公安部特殊機動捜査課。警視庁内でも知る者がいない非公開部門だ。

いまにして思えば、上層部は、自分に狙いをつけていたのだろうと思う。

＊

あらたに与えられたＩＤには【太田麻沙美・警部補。二十八歳】とあった。

年齢以外は、すべて創造された人物だ。

横須賀《よこすか》生まれの横浜《よこはま》育ち。

山手《やまのて》のインターナショナルから有名私大へ。前所属は国際刑事警察機構出向とある。すべて、それを裏付ける証拠が配置されているはずである。

警察庁公安局の裏人事だ。

過剰警護で警察の威信を傷つけた罰として、庁内最大の嫌われ部門、公安部への左遷となったわけだ。

整形まではしなかったが、特殊メイクを施され、その後、それをキープするテクニックも学ばされた。

任務は、警察内の異端分子——手っ取り早く言えば左翼扇動集団や極道、外国人マフィアなどへの内通者——を洗い出すことだ。

通称『御庭番《おにわばん》』。

同僚を欺《あざむ》き、同じ警察内の他部門に潜入するのは気分のよいものではないが、実際任務に就いてみると、治安に直結する機密を横流ししている警察官が山のようにいることを知った。

特に組対刑事は、日常的に極道や半グレとの癒着が多かった。情報を取るつもりがいつの間にか、渡す側に回ってしまっているのだ。

いかに悪党どもの方が駆け引き上手か、目の当たりにする日々である。

特に、その極道や半グレ集団が外国の工作機関の手先になっているとなれば、国家機密の漏洩にも繫がる。

警察機構そのものが侵食され、いずれこの国の内部崩壊の呼び水にされるかもしれないのだ。

芽衣子は自分が与えられた任務に納得した。

悪党の中で、最も許せないのは、善人の仮面を被った悪党だ。叩きのめしてやらねばなるまい。

特に、この新宿東署から半グレ集団への情報漏洩が疑われていた。芽衣子は早期にその漏洩ルートを解明するよう、公安上層部から命じられていたのだ。

*

とにかくいまは、目の前の捜査に集中だ。

マルボウ刑事としての実績をあげることが、なによりも、自分が公安《ハム》の内部捜査官であることを隠すことになる。

それに徹することだ。

カップルが、『ドン・キホーテ』を過ぎコンビニの先で左に折れた。六本木墓苑《ぼえん》に向かう通称、閻魔坂《えんまざか》に連なる道だ。

急いで追った。

この道は墓苑に突き当たるまでは短い。曲がってすぐ、どこかのビルに入られたら、見失ってしまう。

「やばいわ。墓苑側に曲がった」

草柳に知らせた。

「わかった」

いつの間にかUターンして、すぐ背後に来ていた草柳が、銀輪を回転させ芽衣子を追い越していった。

四角い箱を背負った自転車は閻魔坂に入って行く。

突然、駆け出しては不自然なので、芽衣子は、あえてゆっくり歩いた。どこかのビルから、詐欺《さぎ》グループの見張りが通りを双眼鏡で監視していることはよくあるからだ。

コンビニを曲がると、すでにふたりの姿も草柳の自転車も見えなかった。正面の公衆トイレに向かって歩いていく。

公衆トイレの向こう側は六本木墓苑だ。

国際的な歓楽街のど真ん中に墓苑があるのは何とも不思議だが、考えてみればこの地が歓楽街化したのは、たった七十五年前からのことでしかない。それまではむしろ閑静な宅地であったはずだ。

この街が賑わいを持ち始めたのは、乃木坂《のぎざか》に米軍のプレスセンターが開かれ、星条旗が翻った頃からだ。麻布十番《あざぶじゅうばん》に実家のある芽衣子は、両親から、町の歴史をよく聞かされていたものだ。

ポケットに手を突っ込んだまま、閻魔坂の方へと歩いた。

かつてこのコンビニの向かい側に『ザ・ハンバーガー・イン』という店があった。カリフォルニアのロードサイドにあるような店だった。

『ザ・ハンバーガー・イン』は二〇〇五年に閉店したが、芽衣子はいまだにはっきりとその古き良きアメリカ映画に出てくるような店内の様子を覚えている。小学生時分に、母とよくその店でチーズバーガーを食べたものだ。

アメリカに行ったこともない母はよく『アメリカの味がするの』と言って、この店のチーズバーガーを頬張っていた。小学生の芽衣子も同じ気持ちであった。六本木にはアメリカが溢れていたのだ。

それがいまは無国籍地帯になってしまったのが残念だ。六本木は古き良きアメリカの雰囲気に満ちていた時代の方がよかったと思う。

そんな個人的な感傷に浸りながら、墓苑に向かって進んだ。正面は公衆トイレだ。ファンキーな前米国大統領が訪れた居酒屋のあるビルを過ぎ、墓苑の塀に沿って闇魔坂を降りていく。

一瞬にして通りの雰囲気が変わった。

アートか？

落書きか？

かつてこの界隈は、粋な大人がお忍びで通うようなバーが軒を連ねていたようだが、いまはジャンクなペイントが施された店ばかりが並んでいる。

十メートルほど先に草柳の自転車が止まっていた。

コンクリートの壁全体に、サルバドール・ダリ、あるいはパブロ・ピカソ風の極彩色の抽象画がペイントされたビルの前だ。

ビル全体がクラブらしい。かすかに音が漏れてくる。スローなエスニック風のナンバーだ。アートなペイントが複雑すぎて、店名がはっきりわからなかったが、視線を彷徨《さまよ》わせると、金属製の扉にさりげなくプレートが張ってあった。

『乱酔』

『ランスイ』とでも読むのか、はたまた『みだれよい』と読むべきなのか。

たぶんどちらでもいいはずだ。そこら辺は客任せというのが、このあたりの店の流儀だからだ。

草柳が店内に入ったのかどうかはわからない。単純に、ふたりが入った店を芽衣子に知らせるために、ここに駐《と》めてあるということかも知れない。

マイクで確認するのは止めた。

草柳が自転車だけ止めて、イヤモニを通して連絡をしてこなかったのは、下手に喋れない環境にいるということだ。自転車を止めてあるのは、居場所を知らせるサインだ。

芽衣子は、イヤモニターを耳から抜き、アロハの胸ポケットに仕舞った。尾行には手ぶらで来ていた。トラブルになっても刑事の証拠は出ない。

クラブ『乱酔』の扉を押した。蝶番《ちょうつがい》が錆びついているのか、耳障《みみざわ》りな音がした。

「初めてなんだけれどいいかな？」

フロントのカウンターに立っているドレッドヘアーの太った男に聞いた。胸元から甘いコロンの香りがした。大麻をやっている男ほど、コロンの香りでその匂いを消したがるものだ。

「もちろんです。うちは紹介者なんて要りませんよ。女性は二千円で飲み放題ということになっていますが、美人はフリーです。自由にどうぞ」

男が、にやりと笑ってダンスエリアへ促した。フロアでは数人の男女が踊っているだけだった。そのぶん、バーエリアには、かなりの数の男女がたむろしていた。このクラブの特徴らしく原色を基調にしたカラフルな柄の服を着た者が多かった。アフリカンな感じだ。

2

クラブ『乱酔』は、正方形のガレージのような作りで、四方に回廊があった。映画スタジオのキャットウォークのような回廊だ。

その回廊からダンスエリアとバーエリアが見下ろせる仕組みになっている。回廊に沿って個室が並んでいた。扉に描かれた絵がそれぞれ違う。

芽衣子は、まずバーエリアの隅に立ち、赤坂から追ってきたカップルを探した。見当たらない。

代わりに草柳がいた。イヤモニは取っている。草柳はバーカウンターに背中をつけて、回廊を見上げていた。透明な酒を飲んでいる。

芽衣子もさりげなく、その視線を追う。

深紅のドラゴンが描かれた扉があった。ふたりは、そこにいるということらしい。

芽衣子は頷いた。

とはいえ、いきなり上にあがるのはためらわれる。

芽衣子はカウンターに進んだ。

「ジントニックを」

草柳とは視線を合わせず、スキンヘッドの前頭部に髑髏《どくろ》のタトゥーを入れたバーテンダーにオーダーする。

「すぐに」

バーテンダーが酒棚からジンのボトルを取った。後頭部には赤いスネークのタトゥーが彫られていた。

取り出したボトルはタンカレーの普及品だ。グラスにジンを一センチほど注ぎ、トリガー付きのホースのような蛇口で、じゅっと炭酸水を注いだ。

グラスを受け取り、一口飲みながらテーブル席へと向かう。隅の席に腰を下ろし気だるげに髪を掻き上げてみせた。

常連の男が声をかけてくるのを待つことにした。ジントニックを呷ると、レゲエのビートがより強くなったように感じた。ずいぶん古いナンバーだった。

男よりも先に、女のふたり連れがやって来た。

モデル風のふたりだ。ふたりとも、裾を太腿《ふともも》の付け根までカットしたショートパンツを穿《は》いている。歩き方によっては、股間が覗けてしまいそうだ。上は身体の線がくっきり見えるタンクトップ。

「見ない顔だけど、どこかの事務所に入ってんの？」

目鼻立ちのはっきりした黒色のショートヘアの女が、つっかかるように顎をしゃくっている。

「私、一般人。初めて入った店で揉める気はないので。ルールがあるなら教えてよ」

会話の内容は穏やかに、だが眼に力を込めて見返してやった。

もうひとりの女が、カラ笑いをした。

「なにが一般人よ。ひとりでナンパ待ちに来るなんていい度胸ね。P狙いっしょ」

この女はアフリカ系日本人という感じだ。背が高く、筋肉質の身体をしている。マロンブラウンの髪をポニーテールに束ねていた。

「P狙い？　なにそれ」

芽衣子は聞き直した。

「とぼけんなよ。あんた局P狙いっしょ。悪いけど、ここではDプロの紹介がないと、Pとは接近禁止なんだけど」

色の黒い、筋肉質の女が、芽衣子の肩を軽く押す。条件反射的に裏拳を打ちたくなる気持ちを必死に堪《こら》えた。

「だからそのキョクピーとかデープロって何なのよ。ぜんぜん意味わかんない」

芽衣子は、知らないふりをした。

「あんたホントに、知らないの」

ショートヘアの女が、怪訝《けげん》な表情を浮かべ、もうひとりのポニーテールの女へ視線を向ける。

「局Pはテレビ局の社員プロデューサー。制作会社とか契約プロデューサーじゃなくて、番組への権限が一番ある人。それに、あんたデラックスプロも知らないの？　ここらへんじゃ、DのSさんっていったら中学生でも知っているんだけど」

ポニーテールの女が、得意そうに言う。

そんなことは芸能界の内部のことで、世間一般が知っている話じゃない。芽衣子は、たまたま学生時代、六本木でSMの女王をしていたことから、そこらへんの芸能界事情にも精通しているだけだ。

デラックスプロの社長、須黒龍男《すぐろたつお》こそ、芸能界の首領《ドン》と言われて久しい。だがその権勢にも陰りが見えている今日この頃だ。

芸能界自体の構造が、テレビ局を中心に回っていた時代とは違ってきているからだ。それは、須黒たち戦中生まれ世代が作り上げてきた、テレビ局への独占的ブッキング権が、タレントを売り出すうえで、かつてほど大きな威力がなくなったことに由来する。

とはいえ、いまだにテレビに出演することが、無名から有名になるための最短手段であることに変わりはない。二十年前に比べて、その回数が多くなければならないだけだ。

目の前の女たちも、その出演チャンスを求めて、このクラブで業界関係者の周辺をうろついて、顔を売ろうとしているに違いない。

「ふーん。そんなの全然知らない。私は芸能界には興味がないから、あなたたちの邪魔になるようなことはしないわ。逆にあなたたちの仲間になるにはどうしたらいいのかしら」

芽衣子はバーカウンターの方向に手を挙げた。カウンター前のウエイターが頷いて、歩み寄って来る。草柳の姿はすでになかった。

「何か、飲む?」

常連の男にナンパされるつもりだったが、この女たちでも十分使えそうな気がしてきた。

「気安く言わないでよ。あんた、何が目的なの」

ポニーテールが頬を撫でながら言う。美形だが喧嘩は相当強そうだ。その耳に口を近づけて囁いた。

「この店を買い取りたいのよ」

「はい?」

ポニーテールがポカンと口をあけた。普通、呆気にとられる。黙り込んでしまった。つづけて、ショートヘアの女にも同じように囁いた。

「どういうこと？　意味わかんない」

うまく話を把握できないようだ。

「ここを私の店にしたいの。いろいろ教えてくれたら、悪いようにはしないわ」

ジントニックをグラス半分まで一気に飲んだ。

ちょうどテーブルの真横にウエイターが、ウエイターに「うちらはモエ」と告げた。

ショートヘアが、ウエイターがやって来た。

「一本入れて。私にもグラスを」

芽衣子はウエイターに告げた。レゲエの低音部のリズムがやけに心地よい。

「ねぇ、あんた、マジ何者？」

ショートヘアがようやく隣に腰を下ろした。右隣だ。ポニーテールが左隣だ。芽衣子を挟むような形だ。

「若尾麻衣子《わかおまいこ》。社名は言えないけれど、外資系投資ファンドのマネジャー。今回は自分で運営したい店を探しているわけ」

もっともらしい顔で言う。詐欺師から学んだことだが、つく嘘は大きいほど、バレるまで時間がかかる。

「私は、美里《みさと》。うちらはいちおうタレント。Dの系列の事務所だけど、たぶん言ってもわかんないと思う」

ショートヘアが名乗った。

「私は、リカよ。タレントといっても、テレビには数回しか出ていない。事務所からは、何か特徴がないと売り出せないから、女子プロレスでデビューしようかってことになっている」

ポニーテールが初めて笑った。売れていないと素直に認めたのは、芽衣子に興味を持ったからだ。スポンサーを探して欲しいのだろう。

シャンパンがやって来た。ふたりとそれぞれグラスを合わせた。

「芸能界のことはわからないけれど、映画への投資はよくあるわね。ふたりは詳しそうだから、そういうこともいろいろ聞きたいわ」

自分でも、よくもこんな話が、口から零《こぼ》れ落ちるものだと感心した。

「私たちを主役にしてよ」

美里がショートヘアを、五指で掻き上げながら、媚びた視線を流してくる。

「いきなりそこにいくまえに、この店の形態とか教えて。二階はどうなっているのかしら」

ダンスエリアを囲む回廊を、ぐるりと指さして聞いた。

「個室。全部で八部屋あるけど、四部屋は永久会員専用」

リカが芽衣子にもたれかかってきた。ホワイトジーンズの上から太腿を撫でられた。そっちの気《け》があるようだ。芽衣子はない。男好きだ。だが、ここは撫でさせておく。

尻のあたりも撫でられる。ごつごつとした手だ。

「永久会員？　リゾートホテルの利用権みたいな感じなのかしら。分譲されていたら厄介だけど」

投資エージェントらしい質問をした。

「うちらの頭じゃ、そんな難しいことはわからないよ。得意なのは、服飾、音楽それに男」

美里がショートヘアの頭を掻いた。守備範囲は狭いが、得意分野にはのめり込むタイプらしい。

「私は、男と女だけ」

リカが太腿に置いた手のひらを徐々に股間に向けてくる。人差し指がレゲエのリズムを刻みながら奥へ、奥へと迫ってきた。

「どんな人たちが、永久会員なのかな。買い取るには、その人たちの権利も保障しなきゃならないってことね」

もっともらしい口上を並べ立てた。

「そりゃ、DのS社長とか、雷通《らいつう》の偉いさんとかよ」

リカの人差し指が、土手のあたりにまで迫ってきた。腰を捻《ひね》った。やばいことに、身体が火照《ほて》り出した。そっちの気はないのに、疼《うず》いてくる。

「やっぱ芸能関係者ばかりなんだ」

さすがに、両膝をピタリと閉じた。かなりやばい感じだ。

「Dプロのボディガードたちの専用の部屋もあるわ」

美里も身体を寄せてきた。さりげなく尻のポケットのあたりを触られる。どっちもその性癖があるということだ。

「ボディガード？」

芽衣子は首を捻った。おそらく半グレ集団の運営する会社だと思うが、こっちから口に出すのは控えた。

「それ以上は、うちらも言えないよ」

美里が、シャンパンをぐいと飲んだ。喉の動きがセクシーだった。

「まぁ、おいおいわかるわよ」

リカが、股間にむりやり手のひらを押し込んできた。中指の先が股底の縁に触れる。腕に筋を浮かべるほど力が籠っていた。

――うっ。

思わず胸底で喘《あえ》いだ。触れられたのが女のウィークポイントの尖った部分だった。背筋まで淫流が走る。

「どこかの部屋を取れないかしら。個室の中を見てみたい」

掠《かす》れた声で聞いた。

「いいわね。もっと親しくなりたいわ」

リカが妖しい視線を投げかけてくる。

そんなつもりはないが、勝手に勘違いしてくれるのなら、それはそれでいい。

「たぶん、空いてる部屋はあると思う。私がマネジャーに聞いてあげるよ」

美里が立ち上がり、エントランスの方へ向かった。

「個室はいくらぐらいなのかしら」

芽衣子は、リカに聞いた。

「払ったことないから知らない。だいたい女が自分で払うことなんてないから。あそこはそもそもヤリ部屋みたいなものなんだから」

リカが、正面の回廊の向こうに見える個室の扉を顎でしゃくった。

美里が戻って来た。

「八番《エイト》を使っていいって」

「真ん中の部屋じゃん」

たった今、リカが顎で教えてくれた部屋がエイトらしい。ヤリ部屋に連れ込まれるのかと思ったら、ぞっとした。

「ホントは二時間三万円単位なんだけど、女子同士だったら、他の客のオーダーが入るまで無料でいいって」

美里が、なにやらリカに目配せしながら言っている。

「日頃の貢献度からいったら、当然よね」

リカが指を動かしたまま答えた。人差し指と中指が、完全に芽衣子の股底を捉えていた。ホワイトジーンズの硬いデニムの上からとはいえ、秘裂の中央に人差し指を這わせ、尺取虫《しゃくとりむし》のように動かしてくる。それも執拗な動きだ。指が何かを擦りつけているようだ。

「じゃあ個室を覗かせてもらうわ」

ソファから腰を浮かせ、やんわりリカの手を払いのけた。

「個室は、居心地が良すぎて、出る気が失せるかもよ」

リカが妖しく笑う。美里も意味ありげに肩を窄《すぼ》めた。何かを企んでいるようだが、潜入捜査にリスクはつきものだ。

3

個室に入り、芽衣子はすぐに「しまった」と胸の奥底で悲鳴をあげた。

十平方メートルほどの個室の壁に掛けられた二十インチほどの液晶モニターに、ダンスエリアとその周辺のソファ席の映像が流されていたのだ。先ほど、芽衣子たち三人が座っていた席も、はっきり映し出されている。

いやな予感が当たったようだ。

「これって、どの部屋も同じ映像が流れているの？」

芽衣子は立ったまま、美里の方を向いた。

「そうだけど、なにか都合の悪いことでもあるの？」

美里が片眉を吊り上げながら言っている。どういうわけか、最初にやって来た時と同じ、きつい表情に戻っていた。

「いや、そういうわけじゃないわ。女を物色するのに、都合がいい仕掛けだな、と思っただけよ」

「ヤバい客を見張るのにも役立つわ」

リカが背後から、芽衣子の両肩に太い腕を回してきた。ぐっと引き寄せられる。

「ヤバい客？」

用心深く部屋の中を見渡しながら、身構えた。

カッシーナ風の応接セットが置いてある。キャメル色のソファだった。そのローテーブルの上に黒い小箱があった。カラオケ用のマイクなどを入れるハードケースのようだ。

「そう、たとえば、あんたみたいな客」

美里が、言いながら天井に向かって、親指を立てた。防犯カメラだ。同時にリカの太い腕が肩から上にあがり首に回されてきた。プロレスのチョークスリーパーだ。このまま押さえ込まれたら落とされる。

「なにするのよ！」

芽衣子は身体を捻り、両手でリカの腕を下に引いた。はんのわずかだが首が緩む。身体がやけに軽い。全身に体力が漲《みなぎ》っている感じだ。

「あんた、やっぱシャブをキメているわね。普通、そんなバカ力は出ないはず」

美里が、黒い小箱を開けた。手錠が入っている。警察仕様と同じ手錠だった。なぜそんなものがここにある？

「私がシャブをやっている？　どういうことよ」

さすがに狼狽《うろた》えた。捜査をしているのはこっちだ。

「ここは、健全なクラブなの。荒されたら困るのよ。そういうヤカラは捕まえとかないとね」

言うなり、芽衣子の両手を腰裏に回し手錠をかけてきた。

「いい加減にしてよ。ジョークにしても度を超えているわ」

芽衣子は肩を振り、まずはリカを振り払った。振り返りざまに、腰を下ろしジャンプする。芽衣子の前頭部が、リカの顎にヒットした。

「うえっ」

リカが顔を顰めて、のけぞった。

口を半開きにして涎《よだれ》をたらし続けているところを見ると、顎関節がはずれたようだ。戦意を失ったようで、虚ろな目をしていた。

「よくわからないけれど、あなたたち誤解しているみたいね。ややこしいことになりたくなかったら、まずは手錠を外してちょうだい」

芽衣子は、美里に歩み寄った。リカのような武闘派ではないらしく、美里は一歩後退した。

「助けて。この女、まじヤバいわよ」

美里が天井に向かって大声で叫び出した。涙目になっている。

「ねぇ、それなんの真似？」

芽衣子は途方に暮れた。

いきなり扉が開く。

「三人ともその場を動くな」

ジャマイカ国旗の柄をプリントしたシャツにベージュのハーフパンツを穿いた男が飛び込んできた。

緑と黄と黒の配色は、レゲエそのものを連想させる。男は浅黒い肌に鋭い眼光の持ち主だった。

背後にもうひとり、深紅にハイビスカス柄のアロハを着た男がついている。こっちはどう見てもハワイアン風だ。

「うちらは協力したつもりだけど。だいたいこの女、スマホも持っていないんだもの、おかしすぎるよ。下に戻っていい？」

美里が口を尖らせている。

「まぁ終わるまで、待て」

先に入ってきたジャマイカンな男が手帳を出した。

表紙に【関東信越厚生局】とある。

「マトリ……いやいや、私は……」

刑事だと名乗ろうとして、芽衣子は口を噤《つぐ》んだ。

厚労省の麻薬取締官と警視庁組織犯罪対策部の薬物銃器課は、犬猿の仲だ。じっくりやり方を見るのも手だ。

「尿検査をすれば、はっきりすることだ。そこのトイレで検査させてもらう」

ジャマイカ国旗のシャツを着ていた男が、個室の奥を指さした。

気づかなかったが、専用のトイレがついているということだ。

「おい、綾瀬《あやせ》、出番だ」

通路にいたハワイアン風の男が、背後の回廊に向かって叫んだ。

「はい」

入って来たのは、黄色の地に赤と青の水玉模様を散らしたワンピースを着た女だった。マトリもずいぶんと店に溶け込む変装をしていたものだ。

女性取締官らしい。完全な潜入捜査だ。アフリカンモードの特徴である頭巻布《フラー》を巻いていた。三人の中で一番似合っていた。

薬物捜査では、マトリとマルボウはよくかち合う。互いに情報を共有しようとはしないので、結果として同じマトを追うことになったりする。

「尿検査の前に、身体検査するわね」

綾瀬という背の高い小顔の女が、芽衣子の前に進み出てきた。

「手順としてはそうね」

芽衣子は不敵に笑った。

「検査の経験者みたいね。名前は？」

綾瀬が、肩から順に両手を叩くように、触れてきた。

「そっちに行くまでは、黙秘するわ。それよりふつう、容疑者の権利を先に説明しない？」

芽衣子は皮肉のつもりで言ってやった。

「検査に慣れているようね。ある意味、自ら常習者だと名乗っているようなものだわ。じゃあ、伝えるわね。あなたには黙秘権、そして弁護士を呼ぶ権利もあります」

綾瀬が、ぶっきらぼうに言って、両手を尻に当ててきた。リカとは違い事務的な触り方だった。

「ありがとう。いま弁護士の候補を頭に浮かべているところ」

新宿東署の薬物担当《シャブタン》を呼ぶという手もある。どうせなら、驚かしてやりたいものだ。

「あら」

綾瀬が声をあげた。尻ポケットに何か感触があったらしく、ポケットの中に指を差し込んできた。

「なにか？」

「いや、なにかじゃなくて、これ現物でしょ」

綾瀬の手に五センチ四方ほどのポリ袋が二枚握られていた。中にはキラキラ光る白い粉が見える。通称ワンパケが二枚。

「えっ」

そんなバカなと叫びそうになりながら、美里とリカの顔を交互に見やった。ふたりとも視線を合わそうとしない。

――ハメられた。

一階のソファ席でリカに身体を弄られていた際に、滑り込まされたのだ。たぶん放り込んだのは、リカではなく美里だ。

「まず、所持は確定しますかね。坂口《さかぐち》さん」

綾瀬が、茶色のスーツの男に、二枚のパケを渡した。

坂口が、ポケットから検査キットを出す。ステンレスの定規のようなものの上に、パケから取り出した粉を置く。粉の上に、水溶液を落とす。

「わかっていると思うが、こいつがブルーになればアンフェタミンだ」

わかっているが、答えなかった。案の定、粉はすぐにブルーに染まった。

「六月二十八日、午後十一時五分。覚醒剤所持で逮捕する」

坂口が勝ち誇ったように宣言した。

「じっくり説明するわよ」

芽衣子は腹を括《くく》った。

ここで自分が刑事であることや任務内容を説明することは、ここにいる女ふたりや、監視カメラでこの顚末を覗いている連中に捜査情報を渡すことになる。

幸い潜伏捜査とあって、警察手帳などの類《たぐい》は一切所持していなかった。九段《くだん》の関東厚生局の取調室で抗弁した方がましだ。

弁護士ではなく、係長の勝田を呼べば、すべては解決するはずだ。

「その前に、尿も採取してもらうわね。所持プラス使用もついちゃうかも」

綾瀬がトイレの扉を指さした。脇に置いたバッグから紙コップを取り出している。

「放尿ショーをしろと？　けど後ろ手に手錠じゃ紙コップも持てないわ。まさか、綾瀬さんが、持って受け止めるんじゃないでしょうね。私、どこに飛ばすかわかんないわよ」

綾瀬が坂口の顔を見た。

紙コップを差し出す担当にはなりたくないという目だ。

「外してやる。だが、妙なことを考えるなよ。この上、公務執行妨害《コウガイ》や逃亡が足されたら、五年は食らうぞ」

坂口が言った。

「逃げる気なんて、さらさらないわよ。取調室で、きっちり事情を説明させてもらうわ。すくなくとも使用はありえないから」

芽衣子は、坂口を見返し、綾瀬の手から紙コップをひったくった。

「逃げようもないがな。トートバッグは置いていけ」

坂口が上着の裾を捲《めく》り、ベルトに鎖で繋がった鍵を取り出した。やはりこの手錠は、マトリが用意していたものだった。

とすれば美里とリカは、本当に捜査協力者ということになる。

いや、芽衣子のポケットにパケを差し込んだのは、美里のはずだ。

思考が混乱する。

初めから自分がマトにかけられていた——とすればどうだ。そう考えると、急に草柳のことが心配になった。

すでに外に脱出していればよいが。胸底に黒い雲が幾重にも湧き上がってくる。連絡をとるためのマイクは指に嵌めたままだ。イヤモニもアロハの胸ポケットに入っている。綾瀬が、バストまで触ってこなかったからだ。

「オシッコしてくれればいいのね」

芽衣子は素知らぬ顔で、紙コップを持ってトイレに入った。

意外なことにトイレにだけ窓があった。

室内で大麻の吸引や覚醒剤の炙りをやった場合、翌朝には空気を入れ替えておきたいはずだ。窓はその換気のためだ。

窓のサイズは、ほぼ五十×五十センチの正方形。磨《すり》ガラスだった。

「いまパンツ下ろしているところだから、聞き耳なんて立てないでね。あっ、出る」

トイレの扉に向き直り、そう叫び、胸ポケットから素早くイヤモニを取り出し、右耳に装着した。

タンクのレバーを回し、水洗の音を鳴らすと同時に、指輪を口元に当てた。

「ちょっと、ヤバいんだけど」

「太田、すまない。俺が誘導してしまったようなものだ。すぐに逃げろ。おまえ、覚醒剤の仲卸しに仕立て上げられるぞ」

「なんですって」

「俺ら完全にハメられていた……うっ」

突然、草柳の声が切れた。誰かに襲撃されたようだ。絶叫する声が続く。最後にマイクが踏みつぶされるような音がした。

同時に水洗の音が終わる。

「マトリさーん。尿、出たから、ちょっと待ってね」

紙コップにとりあえずタンクの上のノズルから流れる水を入れた。ついでに唾を吐いた。

頭の中の整理がつかなかったが、かなりヤバい状況に置かれていることは確かだ。最初から罠を張られていたのは、どうも自分たちのようだ。

芽衣子は、ガラス窓を見やった。武器は何も持っていなかったが、幸いスニーカーの爪先に鉛の板が入っている。こいつで蹴り破るしかなさそうだ。

便座の脇に進み、スニーカーを脱ぐ。右手に持ち、思い切りガラスを叩いた。バーンと音が鳴り、ガラスが木《こ》っ端《ぱ》微塵《みじん》に割れた。

我ながら物凄い力が出たと思う。何か特別なエネルギーを得たような感じだ。

窓の外には霧雨が降り始めていた。蒸した空気の匂いがする。いまに土砂降りになる。

割れたガラスの向こうに、隣のビルの窓が見えた。路地の幅は五十センチもなさそうだった。

「おいっ、何をやっているっ」

坂口が激しく扉を叩く音がした。急いでスニーカーを履き直す。

「いま、パンツを上げているところよ。いちいち聞かないで！」

言いながら、窓枠からガラスの破片をとり、足を入れた。紙コップは窓枠に置く。

「窓を割ったんじゃないのか！　おい、開けろっ」

坂口の声と共に、扉に体当たりする音が聞こえてきた。さほど頑丈でもなさそうなドアノブだった。すぐにロックが外れそうだ。

芽衣子は急いだ。

下半身を窓から出した。

路地までの高さ五メートル。多少膝にくるぐらいだろう。

と、ビルの前が騒がしくなってきた。

狭い閻魔坂にワゴン車が数台入って来ている。マトリの応援部隊が駆けつけて来たようだ。二十人は来ていそうだ。

逃げ切るのは難しい。

芽衣子は、隣のビルを見やった。

目の前に明かりの点いていない窓があった。かなり厚めのガラスのようだが、不思議と蹴り破れそうな気がした。

――自分は、キマっている。

ようやくそのことに気づいた。ジントニックやシャンパンに粉を混入されていたのだ。おそらくシャンパンは自分のグラスにだけ混ぜていたのだろう。

尿からは確実に陽性反応が出ることになるのだ。

逆に、キマっている間は、痛覚が鈍くなっているはずだった。日頃よりも自分の力が出ていると感じているのも、どうやらそのせいらしい。

坂口たちがドアに当たる力も増していた。しかも雨脚が強くなり出している。

一か八かに賭けるしかなさそうだ。芽衣子は下半身を伸ばした。隣のビルの窓に悠々爪先が届いた。蹴った。一発では割れない。だが、コツを摑んだ。さらに身体を伸ばし、右の踵《かかと》を強く打ちつけた。ガシャッと割れる音が聞こえた。

踵に痛みは一切感じない。どう考えてもクスリのせいだ。

小さくても割れ目が出来ると、後は楽勝だった。二度、三度と蹴ると、ガラスが崩れ落ちた。

ほぼ同時に、トイレの扉も開いた。

「おまえ、ふざけた真似しやがって」

坂口が飛び込んできた。その顔に紙コップを放り投げた。

「うわっ」

顔面にヒットした。坂口の鼻の周りがびしょ濡れになっていた。

「うっ、小便、汚ねっ」

「出たばかりの尿よ。飲んじゃいなさいよ」

唾だけは本物だ。元女王のサービスだ。

叫びながら、芽衣子は向かいのビルの窓に両足を突っ込んだ。そのまま窓枠に膝を掛け、仰向けで腹筋するような姿勢で、トイレ側の窓枠を両手で押した。土砂降りの雨が腹を叩いた。身体が一気に伸びた。踵と脹脛で懸命に尻から上の身体を支える。緩むと、五メートル下の路地に頭から落下することになるのだが、ええいままよ、とばかり運を天に任す。

一度落ちた背中をなんとか立て直し、どうにか隣のビルに乗り移った。移った先は暗闇だった。扉の向こう側から、派手な音楽が聞こえてくる。女性アイドルユニットの曲だった。

ここは倉庫のようで、業務用のテーブルや椅子、それに瓶ビールの詰まった段ボール箱が山積みになっている。バドワイザーだった。

芽衣子はまず一本引き抜いた。キリンやアサヒの瓶ビールに比べて、グリップが短く握りやすかった。しかも軽い。これは使える。

トイレの窓を見る。坂口がスーツの袖で顔を拭きながら、窓枠に足をかけようとしていた。止めを刺しておく必要があった。

芽衣子はバドワイザーの瓶を坂口の額に向かって投擲《とうてき》した。

「あうっ」

　額から鮮血が上がり、坂口がのけぞった。軽い脳震盪《のうしんとう》を起こしたようだ。背後から綾瀬ともうひとりのマトリの顔が見えた。綾瀬がすでにホイッスルを咥《くわ》えていた。

　芽衣子はためらわず、綾瀬の口ともうひとりのマトリの額を狙ってバドワイザーの瓶を投擲した。

「いや」

　綾瀬の口にヒットした。

　ホイッスルはプピッと鈍い音を放っただけで、どこかに飛んだ。もうひとりのマトリは、鼻を押さえて嗚咽《おえつ》を漏らしている。

　芽衣子は、さらにビール瓶を二本握り、倉庫部屋を飛び出した。

第二章　逃亡

1

とにかく、逃げるしかない。

倉庫の扉を開けると、いきなり大音量が流れ込んできた。出た先は通路だった。

これは、何かの店のバックヤードのようだ。

流れ込んできた音は、レゲエやユーロビートではない。坂の名前の付いた女性アイドルユニットの数年前のヒット曲だ。しかもカラオケのようで、歌っているのは野太い男の声だった。つまりおっさんの声。それも数人で歌っているようだ。

カラオケスナックか？

それともステージ付きのキャバクラか？

両手にビール瓶を握ったまま、明かりの見える方へと進んだ。この店からも早く逃げないと、すぐに捜査官が雪崩《なだ》れ込んできそうだ。

速足で進んだ。

やにわに正面に見えていた大きな扉が開いた。

「もう、いやっ。なんで私が、美由紀《みゆき》の客のヘルプばかりなのよ！　ちょっと社長」

ロングドレスの女が、セカンドバッグを通路に放り投げ、芽衣子の方へ向かって来る。

「わっ」

芽衣子は通路の脇に退《の》いた。すると今度は真横の扉が開いた。

楽屋のような部屋だ。

ドレスやヘアピースが散乱しており、様々な香水の混じりあった匂いがした。どんなにすばらしい香水同士でも、混じりあうと吐き気のする匂いになる。

「まぁまぁ、綾乃《あやの》ちゃん、それもベテランの役目だろうよ。もうじき五十なんだから、そろそろ大人になってくれよ」

その楽屋のような部屋から出て来た恰幅《かっぷく》の良い男が言った。芽衣子には背中しか見えない。

「なによ、松村《まつむら》さん。近頃、美由紀にばかり客をつけて！」

綾乃がいきなり頭頂部に手をやったかと思うと、いきなり金髪の鬘《ヅラ》を引き抜き、床に放り投げた。

おぉ。

芽衣子は、おもわず胸底で唸った。ここはここで修羅場のようだ。

綾乃は女ではなく、禿頭のおっさんだった。

この店、どうやらその手の方々のショーパブのようだ。ということは、綾乃が嫉妬した美由紀も戸籍上は男性なのであろう。

「常に新たなスターを作っていかなきゃ、ショーパブは持たないんだよ。綾乃がいずれこの『処女航海』を仕切るんだから、その辺も弁《わきま》えてくれよ」

徐々にこの店の業態といまの状況がわかってきた。

「あの取り込み中なんですが、いまから、ここに手入れが入りますよ」

芽衣子は松村に声をかけた。

「なんだと。ってあんた誰だ」

松村が振り返った。顔も、態度と同じくらい大きな男だった。

「となりの『乱酔』の者です。国税のGメンが、いまから、処女航海《こちら》に踏み込むから、うちの店を待機場所に使わせてくれって言ってきていますよ。協力したら、うちは五年見逃してくれるそうなんですが、社長がそれでは水商売の仁義に背くって、下っ端の私が、走らされました」

そう早口で伝えた。

女王時代に、歌舞伎町や六本木のあちこちの店に出入りしてわかったことがある。小さなスナックから高級クラブに至るまで、水商売で税務署を恐れない店はないということだ。

「マジに、うちがマトにかけられているのか」

松村の顔が蒼白になった。

「冗談を言ってどうするんですか。もう、何度も『処女航海』さんの客に、支払い単価がどのぐらいだったか聴取かけているみたいですよ」

「それをやられていたら、アウトだ」

なによりも客が気まずい思いをする。この手の店には、家族や会社に内密に通っている者も多いはずだ。

「国税、令状はまだ持っていないようです。別件で入って、証拠を押さえるつもりらしいですから、店閉めたら勝ちですよ。すぐにお客さんを逃がした方がいいです」

「当然だ。綾乃、すぐに客を退店させろ。今夜は無料だ」

松村が綾乃に向き直った。綾乃はすでに、鬘を拾って被り直していた。美人だ。

「わかりました」

綾乃がすぐにホールへと飛び出していく。これでエントランスはごったがえす。

「私、密告がバレたらまずいんで、逃げていいですか?」

芽衣子は訴えた。

「おお、楽屋の奥の扉を開けたら、非常階段がある。そこから裏路地に出られる」

松村は吐き捨てるように言うと、綾乃の後を追った。

「マネージャー、レジを締めろ。それと事務所の鍵を!」

そんな声を聞きながら、芽衣子は楽屋をすり抜けた。

楽屋の奥の黒い扉を開けると、錆びついた鉄製の外階段があった。土砂降りが鉄板を打っている。芽衣子は、滑り落ちないように慎重に駆け下りた。

表通りから飛び交う罵声が聞こえてきた。

「まずは査察の令状を見せてもらおう」

松村が怒鳴っている。

「いや、逃亡犯が、そっちのビルに飛び込んだんだ。通させてくれ。俺らは、こういうもんだ」

マトリの誰かが言っている。

関東信越厚生局の手帳を掲げているに違いない。

「なに、フェイントかけてんだよ。悪いがうちは今夜は店じまいだ。明日から三日ほど休む。来るなら、来週にしてくれ」

「だから、薬物犯がたったいまそっちに逃げたんだって言っているだろうがよ！」

「なにが、薬物犯だよ」

押し問答状態のようだ。客も、どんどん外へ吐き出されていることだろう。芽衣子は、路地から路地へと抜けた。閻魔坂とは逆方向へと走る。

ここらは、六本木の袋小路《ふくろこうじ》と呼ばれる六本木三丁目だ。

ほどなくして芽衣子は、人通りのある道へと飛び出した。

目の前に階段がある。

かつては狭隘《きょうあい》な谷だった六本木は、いたるところに段差があるのだ。その階段を駆け上がった。上がり切ると、バーレスクショーで有名なナイトクラブの前に出る。

もはやずぶ濡れだったが、幸いなことに、この街ではそんな女が走っていても誰も気に留めない。街自体がバーレスクだからだ。

ナイトクラブの入るビルの軒先で、スニーカーの紐を直すふりをしながら、靴の中から、札を取り出した。左右に一万円札を三枚ずつ折り畳んで隠していた。当面の作業として小銭が必要だった。

芽衣子は、再び雨中を駆け出し、六本木通りにあるコンビニに入った。

まず傘と簡易レインコートを購入する。

ついでにアメリカンドッグも買った。シャブを一服盛られたせいで、空腹の感覚も失せていたようだが、いまは胃に何かを入れておいた方がいい。

傘を差し、顔を隠しながら、芽衣子はアメリカンドッグを齧《かじ》った。

コンビニで一万札を崩し小銭が出来たので公衆電話を探す。

高齢世代にまで携帯電話が行き渡ったこの時代においても、街を見渡せば公衆電話は案外あちこちに設置されている。

公衆電話が激減した印象を持つのは、かつては駅前に並んでいた電話ボックスが消えてしまったせいなのだ。

六本木駅から渋谷方面にわずかに歩いた位置に、公衆電話を見つけた。

傘の柄を肩に掛けながら、百円硬貨を入れる。

新宿東署組対四係の番号を回した。携帯電話の発達で、暗記している番号こそ少なくなったが、さすがに係長席の番号は覚えていた。

背後を行き交う通行人の視線を感じた。公衆電話をかけている者が珍しいらしい。たしかにめったに見ない。

係長の勝田はすぐに出た。その声が裏返っていた。

「太田、お前、なんてことをした。おとなしく自首しろ！」

いきなり怒鳴られた。

「どういうことですか？」

「いま警視庁《ホンテン》の組対五課がやって来て、お前の席を検《あらた》めた。ミイラ取りがミイラになりやがって。太田、いつからやっていたんだ」

組対五課は、銃器薬物対策を専門とする課だ。所轄で言えば、芽衣子たちのシマの真横にいる五係。歌舞伎町や大久保《おおくぼ》界隈の密売組織に目を光らせている部門だ。

芽衣子の所属する四係の親元である四課が、指定暴力団の監視を主務とするマルボウの本流なのに対して、五課は元々生活安全部からの分流であった。

それにしても、意味がわからない。

「係長、何を言っているんですか？」

「太田、覚悟しろ。机の奥から十グラム出たぞ。注射器《ポンプ》まで出たんだから、押収品の隠匿では通らんぞ。まったく、うちに大恥をかかせてくれたもんだ。すぐに出てこい」

「それは罠です。誰かが、私に罠を仕掛けたんです。草柳君は？」

「奴も行方がわからん。お前はとにかく麻布西署に自首しろ。いまから俺がそっちに行く」

芽衣子は、まだ居場所を伝えていない。それなのに、勝田は麻布西署を指定した。すでに公衆電話の位置が探知されたということだ。

「わかりました。しかし出頭はしますが罪状は否認します。それと係長がいらっしゃるまでは、調べに対しても、黙秘で通します」

「わかった。俺もいますぐ出る」

勝田が言った。

芽衣子は電話を切ると麻布西署とは逆側に駆け出した。すぐにタクシーを拾う。

「歌舞伎町まで」

どうして逃げようと思ったのか、自分にもわからない。

逃げてどうなるというあてもなかった。警察力の巨大さは刑事である自分が一番よく知っている。女ひとりで逃げ切れるものではない。

ただ、勝田のことも信用し切れなかった。

約四時間前に、追えと命じてきたのは、勝田なのだ。

そう考えると草柳にも疑いの目を向けたくなる。相勤者ではあったが、同一地点で張り込みをしていたわけではない。草柳は、いつもどこからともなく現れ、いつの間にか消えていたのだ。

陥穽《はめ》るための監視役であったとも考えられた。

だが、その一方で草柳が最後の会話で『逃げろ』と言ったことを思い出す。

罠を仕掛けられたのは、間違いない。だが、誰が敵で、その目的がどこにあるのかもわからない。

はっきりするまで、逃げるしかないということだ。

自ら出頭すると伝えたので、すぐに緊急配備《キンパイ》がかけられることはないはずだ。

少なくとも、公衆電話の位置から東京ミッドタウン近くの麻布西署までの十分。長ければ、新宿から勝田が到着するまでの二十分間は、界隈に非常線が張られることはないだろう。芽衣子は、そう読んだ。

その前に歌舞伎町の奥に逃げ込みたいと思った。

灯台下暗しである。

勝田をはじめとする組対四係が、まさか芽衣子が管内の最大監視区域である歌舞伎町に転がり込むとは、思うまい。

芽衣子は、歌舞伎町には、刑事としてではない別のルートを持っていた。昔取った杵柄《きねづか》である。

2

「女王、いったいどうしたい？　うちに手入れでもあるのかね」

立花真太郎《たちばなしんたろう》が、そのスキンヘッドを撫でた。相変わらずタキシードを見事に着こなしている。

「この顔でよく、私だとわかったわね」

紗倉芽衣子から太田麻沙美に成り代わった際、表参道《おもてさんどう》の美容サロンで、特殊メイクを施された。皮膚や骨を弄る整形ではない。メイクとヘアスタイルの変更だけで、まったくの別人にしてしまう、凄腕のメイクアップアーティストの手によるものだ。それ以後、芽衣子は、その技法に沿ってメイクをしている。不思議なほど誰も気づかないのだが、立花には、ひとめで見抜かれた。

「この業界では、男も女も顔などよく変わりますよ。ですが、顔の造作は変わっても眸《ひとみ》は変わりませんね。たとえコンタクトレンズで目の色を変えたとしても、本来の印象を完全に消すことなんて出来ませんよ。私らの商売は顧客の眼の動き、顔色を窺う仕事です。女王、侮《あなど》らないでください。私もキングを張って三十五年になります」

もうじき還暦に手が届くはずの立花だが、矍鑠《かくしゃく》として見える。

「さすがキングだわ」

芽衣子は、相好《そうごう》を崩した。緊張がほんの少し解けた。

ここは歌舞伎町二丁目。花道《はなみち》通りのホストクラブ街からさらに大久保《おおくぼ》寄りに入った位置にあるボンデージクラブ『アンダーワールドガールズ』だ。

元はラブホだったビルの地下にある会員制のクラブだ。

「まずは着替えさせて欲しいです。新しい下着とかある？」

芽衣子は濡れたアロハを脱ぎながら伝えた。ブラジャーもパンツもびしょ濡れだった。

「バイオレット、赤、レモンイエロー、どれがいい？」

立花が事務室のロッカーから、透明なランジェリーボックスを取り出しながら言っている。常時買いそろえてある新品の詰まったボックスだ。

「黒とかある？　できるだけノーマルな形のものがいいんだけど」

芽衣子は生バストを晒《さら》しながら言った。乳首が縮こまっている。

「普段使いの方ってことですか？」

立花が眉間《みけん》に皺を寄せた。

「いやいや、私はもう鞭《むち》や蠟燭《ろうそく》を持つ気はないから」

「軽く打って行ったらいいじゃないですか。ゲスト女王は大歓迎ですよ」

立花が抜け目のない商売人の眼になっている。

「いずれね。キング、まずシャワーを借りる」

事務室から続いているバスルームに進んだ。大学生だった八年ほど前に、何度かゲスト女王で招かれていたので、内部には精通していた。

都庁やメガバンクの顧客が多いので、セキュリティ対策は万全だった。ビル自体が機動隊でもそう簡単に破れない鉄壁に護られているのだ。

「どうぞ。ごゆっくり」

ステンレスのデスクの上に、タオルとバスローブも用意されている。

立花は口調こそ穏やかだが、バリバリのサディストだ。三十代まではドラマーとしてナイトクラブのバンドの一員で活躍していたそうだ。何がきっかけで、ドラムよりも女の尻を叩くようになったのかは知らない。

この業界では珍しい『王様《キング》』だ。

立花のスパンキングを求めてお忍びでやってくる女性政治家や有名女優や女性文化人は多い。それも国会では舌鋒《ぜっぽう》鋭く総理や閣僚を追い詰めることで知られる野党議員や、テレビで理屈を捏《こ》ねまわす美貌の若手評論家だったりする。

そんな女性たちが、壁に手をついて自らスカートをまくり『王様、お尻をいっぱい叩いてください』と、立花に懇願するのだ。

人は、誰しもが裏の顔を持っている。

SMクラブは、その本性が最も露になるスポットだ。だからこそ、秘密保持が最優先となる。

裏を返せば、隠れ処《かくが》としても最適である。ただし外へ出なければの話だ。

ほどよい湯加減のシャワーを浴びた。頭髪をシャンプーで泡立てながら、芽衣子は現状を分析した。

麻布西署でも、今頃は、同じく現状分析中であろう。

関東信越厚生局と警視庁組織犯罪対策部五課は、どんな協議をしているのか？

一番大事なことは、芽衣子を陥れようとしたのが、誰かということだ。

敵の狙いが、紗倉芽衣子なのか、それとも太田麻沙美なのか。そこも不明だった。

どちらかによって、手の打ち方が変わってくる。

公安《ハム》本体には、潜入中はみずから絶対に連絡を入れないことになっている。この間、あくまで新宿東署の太田麻沙美として生きていかねばならないのだ。

公安は必要とあらば、どこからか手を伸ばしてくる。

だが、見切る場合もある。

別件の容疑がかかり、それがもとで公安の内偵状況が露見しそうになった場合、公安は見切ってくる。紗倉芽衣子はすでに警察内に存在しないのだ。

自分を潰そうとしている敵の正体がわからねば、手の打ちようもなかった。しばらくは隠遁生活をするしかあるまい。

さてどうするか。

気を鎮める必要があった。芽衣子は、人差し指を股間に挟んだ。淫芽をくじく。

「あぁ」

強く、強くくじいた。一気に快感が押し寄せて、息が荒くなる。二度、三度と絶頂を見た。

身体がぐったりとなった。

「キング。八時間ぐらい熟睡したいんだけどいいかな」

バスルームを出て、立花に頼んだ。

「二階の寝室をどうぞ。私が見張っていますから、安心して眠ってください」

何も言わなくても、ほどほど事情を察してくれているようだ。

ここから出るときも、立花の世話にならねばならない。明日の夜にでも、久しぶりに鞭を振って店に貢献してやろう。

3

有楽町《ゆうらくちょう》のオフィスに朝陽が差し込んできた。

また徹夜になってしまった。

渡邊裕二《わたなべゆうじ》は、夕刊紙用の原稿を一本上げた後、事務所のソファに横たわりながら、スマホを検索した。常に怪しい情報はないかと、ネット内を嗅ぎまわるのは、フリージャーナリストの性《さが》だ。

フィッシング詐欺と思われる広告には、進んで入り込んでいくことにしていた。

どんな手口か興味があるからだ。

自らが囮《おとり》になって素早く手口を把握し、体験ルポを投稿する。啓蒙に一役買うことになるが、正義漢を気取っているわけではない。

記者としてアンダーグラウンドの奥底に、手を突っ込んでみたいという思いが、強くある。戦場記者が、砲弾の飛び交う地帯に一歩でも近づきたいと思う気持ちと同じだ。密かに犯罪集団の背中まで接近し、その実態を記事にしたいわけだ。

そのためには、積極的に危険地帯に足を踏み入れる必要があった。

――ネット内にはその入り口がいくつも開いている。

迂闊《うかつ》にタップしただけで、即座に高額請求画面が上がることもあれば、携帯番号を打ち込むと、請求電話や恫喝《どうかつ》電話が直接かかってくることもある。

愉快であった。

渡邉にすれば、犯罪者と話せるよい機会となる。

どんなに恫喝されても、怯《ひる》まずに、ジャーナリストとしての質問を繰り返していく。

どんどん挑発していくのは、実に愉快だ。

侮辱された相手が、怒りに任せて、本音を漏らすことも多々ある。

ほんのわずかの会話からでも、相手の素性《すじょう》を垣間見《かいまみ》ることが出来たら、それが次の取材に繋がるきっかけに発展していく。

特に、居場所のヒントを得た場合は大きい。

特殊詐欺の「かけ子」との応酬は、ある意味質問力を向上させてくれるというものだ。罠にかかったふりをして、一歩一歩、犯罪の核心に迫っていく過程自体が、快感なのだ。

ややこしくなったり面倒くさくなれば、携帯電話を買い替えるだけのことであった。

ただし渡邊の表向きの専門分野は芸能である。

三十年前、通信社に就職し、映画と音楽の担当になったのが記者としてのスタートだったからである。十年間、通信社にいた。

その間、多くの大物スターにインタビューをし信頼を勝ち得た。大手芸能プロ、映画会社、レコード会社への人脈も広がった。

信頼を得ると同時に、スキャンダルを写真週刊誌や実話誌に嗅ぎつけられた芸能人に泣きつかれることも増えた。

渡邊は、そのたびに芸能プロ側に手を貸した。

スキャンダルが悪意に満ちた週刊誌にスクープされる前に、大手スポーツ紙や夕刊紙から、好意的な記事を出してしまうのである。

もちろん書くのは渡邊だ。

スポーツ紙の芸能デスクは、系列テレビ局のワイドショーの芸能担当と連携できるので、より大きな印象操作が発揮されることになる。

結果、スキャンダルの色は薄まり、最初に狙った社の思惑を空振りさせることとなる。

二十年前に、運動部への異動命令が出た際に通信社を辞めることにした。

ジャーナリストとしては、見識が広がることになるが、所詮社会部以外は、その業界の御用記者となるのである。

映画記者が長ければ、定年後は映画評論家となり、経済部で日銀や財界各所に食い込んでおけば、辞めて経済評論家になる道も開ける。

政治部はその最たるものだ。政権中枢に食い込み、総理や官房長官と直接オフレコ会食が出来る身内になれば、すでに立派な政治評論家である。

十年間、信頼を培った芸能界を離れるのは忍びがたかった。

そしてこの間に、渡邊は芸能界というアングルからは、スポーツ界から政財界までを見渡すことが可能であることを知った。

政治家も財界人もスポーツ選手も、実に芸能人と交流を持ちたがるのだ。

芸能プロの幹部たちも、そこに目を付け自社の看板スターたちを媒介にし、権力者や富豪に接近している。

つまり芸能界を通じて各界の暗部を覗き見ることも可能なのだ。

渡邊は、ここに自分の記者としての立ち位置を見つけた。

独立に際しては、大手芸能プロ数社から祝儀を貰った。それが個人オフィスを立ち上げるに十分な資金となった。

さほど大きくない部屋だが、有楽町の一等地に仕事場所を開設している。

弁護士や公認会計士、貿易商などが入るビルだったので、何かと便利であった。

以来二十年、記者というよりも芸能界の内部の一員として、記事を書いてきた。

当然多くのスクープをものにし、トップ屋と呼ばれるようになった。

だが、芸能界の一員として生きることは、記者として時にストレスも伴う。

それは情報提供者のほとんどが芸能界の中枢にいる大物たちであるから、裏切りは許されないのだ。

一度裏切れば、二度と情報を得ることは出来ない。すぐに干される。

逆に信義を守り、常に折り合いをつけて接触していると、必ず特ダネが転がり込んでくる。そこら辺は、政治家や極道との付き合いと同じだ。

そのぶん、記者としては欲求不満に陥ることも、ままある。

その不満の捌《は》け口になるのが芸能界とは別の取材だった。

危険なほど脳内アドレナリンが上がった。

【荷物を転送するだけで、儲かる仕事】

ネットニュースの間に、そんな広告が挟まっていた。

フィッシング詐欺だろう。久しぶりに体験取材をしてみるか。

渡邉は、ソファから起き上がり、資料の山となっているデスクの上を見やった。

パソコンの脇にスマホが十台ほど積んである。

こうした体験取材で相手が牙を剝《む》いてきた際に、すぐに解約するために揃えてあるもので、いずれも違うキャリアのものだ。

渡邉は、その一台を手に取った。まだ一度も使用していない番号だった。

【荷物を転送するだけで、儲かる仕事】の窓をタップした。

すぐに画面が広がった。

仕事内容が書かれていた。

『あなたの住所に届いた荷物を指定された住所に転送するだけで手数料を振り込みます。転送確認後、直ちにあなたの口座に、当社規定の料金を振り込みます』

ヘッドラインはこの二行だ。

その下に『一か月に平均十万円の収入。三か月後には五十万程度になります』とある。

本当なら美味しい内容だ。

社名は『㈱メーラーズ・ダム』とある。

念のため、デスクのパソコンから『㈱メーラーズ・ダム』を検索してみる。ヒットしたが別の業種だった。デリヘルだ。どのみち架空の法人であろう。

個人私書箱のようなものか？

アンダーグラウンドサイトにアクセスすると、この手の荷受け代行業者は多く存在する。だが、そのほとんどが、違法薬物や銃器の受け取り屋である。

彼らは受け取った荷物を転送するのではなく、直に手渡すべき場所に運ぶ闇の運び屋でもある。

渡邊は、面白そうだと思った。

【次に進む】をタップする。

『登録すると、あなたの住所に依頼主が求める商品が届きます。あなたはそれを決して開封せずに、同時に当社から発送された宛名に転送してください。A４サイズで厚さ十センチ程度の荷物で、転送料金は三万円。それに送料実費をお支払いします。依頼主が受け取りを確認した当日に、当社名義で振り込みます。まずは一度お試しください』

最後に【転送請負者登録フォームはこちらへ】が出てくる。

いよいよフィッシングの開始のようだ。

渡邊は、顎を撫でながら登録フォームへと進んだ。

フォームが出てきた。

氏名、住所、生年月日。電話番号。携帯メールアドレス。振り込み口座。

まずは、そこまでだった。

クレジットカード情報はない。

フィッシング詐欺もどんどん進化している。一時にすべてのデータを奪うのではなく、最近は二段階、三段階で剝《は》ぎ取りにかかる手法も出回っていると聞く。

クレジットカード情報については、信用性を植え付けてから狙ってくると推察した。

その場合、名目はたいてい保証金だ。

まずは口座番号にとどめている。

のちのち、暗証番号を聞き出すという手もあるだろう。あるいはこの場合は、携帯電話番号から、電子マネーをスチールしようとしていることも考えられる。

通常あるべき【個人情報に関する規定】への同意チェックや【登録フォームの確認】ボタンはない。

だが、渡邊は、口座番号も打ち込み、ためらわずに【送信】をタップした。

この携帯電話も打ち込んだ口座も、どこにも紐づいていない。しかも、口座には、三百円程度の残金しかない。

そういう口座をいくつか用意している。

失うものはない態勢だ。

十秒ほどで、携帯に【登録完了】のメールが入った。自動受信システムのようだが、四桁の受付番号が入っている。

次の展開を待つべく、渡邊は窓の外を眺めた。

昨夜の土砂降りが嘘のように、街は朝焼けに染まっていた。

まだサラリーマンの姿は見えないが、向かいのオフィスビルの一階の喫茶店が開き始めていた。

いまどきのカフェではない。スポーツ紙や週刊誌が置かれた喫茶店だ。

厚切りトーストとゆで卵とコーヒーで四百円のモーニングセット。渡邊がここにオフィスを開いて以来二十年、変わらぬ価格だ。

もう朝刊は揃っているだろうか。

渡邊は、首と肩を回しながら腕時計を見た。午前七時を少し回っている。

携帯の呼び出し音が鳴った。シンプルなベルの音だ。日常用のスマホではなく、たったいま、『メーラーズ・ダム』に登録メールを送った携帯だった。

早いな。

二十四時間態勢で獲物を待っているということか。

すぐに出た。

「『メーラーズ・ダム』の藤森《ふじもり》と申します。こちら渡邊さんのお電話で間違いないでしょうか」

明るい声の持ち主だった。藤森はいずれ偽名であろう。

「はい」

警戒心のある客を装うため、あえて不愛想な調子で出た。

「ご登録、ありがとうございました。私どもの方からのメールも届いているでしょうか」

「はい」

短くしか答えない。

「恐れ入りますが、ご本人確認のために、番号をお願いします」

渡邊は、四桁の番号を伝えた。

「ありがとうございます。間違いございません」

「仕事はいつから貰えるんだ。個人情報だけ抜き取って、放置されるんじゃないだろうな」

「一週間以内に最初の荷物を送ります。市谷《いちがや》のご住所で間違いありませんね」

「登録したとおりだ」

渡邊は市谷加賀町《かがちょう》にマンションを借りている。住民票もそこに登録してある。

だが、ほとんど帰ることはなかった。五十過ぎだが独身ということもあり、この有楽町のオフィスに寝泊まりしている方が多い。

自宅は倉庫状態だ。

主に書籍と衣類だ。仕事柄、書籍は多い。

いちいち保存しておく必要もないように思えるのだが、ある一ページだけを読み返したくなるのも、記者という職業の習性だ。

衣類の方は、ハンガーラックに掛けてきちんと保管している。

大半をオフィスで過ごすとはいえ、芸能界相手の仕事では、見た目も重要になってくる。

しかるべきスターと面談するときや芸能プロの幹部に銀座のクラブに招待されたときなどは、相応のスーツで出かけた方が安く見られない。

三十代までは、無頼な恰好でもそれなりにサマになるが、五十を越えたら、TPOを弁えた方が、仕事はしやすいものだ。

「荷物を送る前に、もうひとつだけお願いがあります」

藤森が、声のトーンを一段落とした。

「なんだね」

いよいよ、保証金の話を切り出すのか、と渡邊は眼下の喫茶店の入り口を眺めながら、声を尖らせた。

喫茶店に早出のサラリーマンがひとりふたりと入っていく。この時間に出社してくるのは、証券マン、銀行員、それに最寄りのラジオ局の局員だ。

「信頼関係が何よりの仕事です。依頼した荷物に破損などがあると、依頼主とトラブルになります」

藤森がやや早口になった。

案の定とはこのことだ。渡邊はどのクレジットカードを伝えようか、逡巡《しゅんじゅん》した。こうした場合に使用するためのカードを何枚か作っている。

これも自分の本来の口座とはまた違う、残高が少ない口座に紐づいているカードだ。悪用されても被害は知れている。そして、被害を被ったら即刻解約すればいい。

「それで、保証金でも積めと？」

渡邊は自分から切り出した。藤森が微かに笑ったような気がした。

「そんな、電話詐欺のような真似は致しませんよ。そうではなく、運転免許証か、パスポートのコピーを送って欲しいのです。公的な身分証明書の開示ということです。私どもは、依頼主の方からも必ず身分証明書のコピーをいただいております。もちろん、私どもがそれを公表することはございません」

意外とまともな会社なのかもしれない。

単に転送を依頼したい側と、受けたい側のマッチングを提供しているだけなのかもしれなかった。

それならばそれで、興味があった。

依頼する者は、どんな荷を転送したがるのか。

運転免許証は現在、この国では最も信頼性の高い身分証明書である。運転しない者でも、ＩＤとして活用するために原付バイクの運転免許証を取得したりしている。

「わかった。運転免許証のコピーを、さっき貰ったアドレスに返送すればいいのか」

「そうでございます」

藤森が言った。

渡邊は、荷を待つために久しぶりに市谷加賀町の自宅に戻った。生活感のない倉庫同様の部屋で、読書に浸った。

三日後に、一般郵便で荷物が届いた。

携帯電話会社のパッケージであった。大きさはハードカバーのやや厚めの書籍ぐらいだ。重くはない。

同時にマンションの郵便受けに『メーラーズ・ダム』からの封筒が届いていた。

渡邊は、すぐに開封した。

『この度は、弊社の転送請負者にご登録いただきありがとうございます。早速ですが、第一回目の荷物を送ります。別送した荷物はすでに到着していると思いますが、決して開梱しないでください。もしも依頼主からクレームが入り、当社が調査の上、転送者に開梱されたと判断した場合は、一件につき百万円の損害賠償請求をいたします。どうぞご承知ください。本日中に転送ください。明日転送が確認され次第、明後日には、ご登録の御口座に三万円振り込みます』

ピンときた。

どうでも理由を付けて、開梱しただろうと難癖をつける手口であろう。

乗ってやろうじゃないか。どんな因縁をつけてくるのか、見ものだ。

折り畳まれた大型封筒も入っていた。すでに宛名が書き込まれており、切手も貼られており、速達の赤いスタンプまで押されていた。

送り先は港区赤坂二丁目の『㈱チノックス』。営業部、柳沢浩康《やなぎさわひろやす》とあった。これも偽名であろう。

荷物を開くべきか迷った。

パッケージは携帯電話会社のものでも、中身は軍事部品に転用可能な精密機器や薬物であるやも知れない。アンダーグラウンドウェブではそんなものが、ごく普通に売買されているのだ。

だが、パッケージは見事にシュリンクパックされている。剝がしたらすぐにバレる。一度破り復元する時間を与えないのが『メーラーズ・ダム』の手法のようだ。

中身を覗きたいという強い衝動はあるが、今回は指示通りに荷はいじらずに大型封筒に入れて、転送することにした。

犯罪の片棒を担がされている可能性もあるが、そう断定できた段階で警察に通報すればいい。

ぎりぎりのラインまで、自己責任で手を突っ込むのがジャーナリストだ。

渡邊は、封入作業を録画しておくことにした。映像自体はいくらでも加工できるので、実際の証拠価値は低いが、これまでの経験で相手の脅しに対して『なら、裁判でシロクロつけよう』という反論は、そこそこ効果があった。

スタンドにスマホを据え、開梱していないパッケージを大型封筒に入れて糊付けする様子を撮った。

マンション近くのポストから投函する。果たして入金があるのか。あるいは、恫喝の電話やメールがくるのか。しばらくは楽しみである。

何ごともなく二日が過ぎた。

二日後、『メーラーズ・ダム』からメールがあった。

【お仕事、ありがとうございました。本日確認が出来ましたので、お振り込みいたしました。引き続き荷物を送りますので、よろしくお願いいたします。藤森】

渡邊は、ネットで口座をチェックした。驚いたことに三万円入金されていた。

『メーラーズ・ダム』からだ。

渡邊は、返事を打った。

【藤森様。どんどん仕事まわしてください。渡邊裕二】

初回だけ囮ということは充分考えられる。

次はどう出てくる?

コンゲームを楽しみたい。

翌日、新たな荷物が届いた。

同じように携帯電話会社からの箱だった。

今度は五箱ある。やはりチェックしている時間はなさそうだった。渡邊は、今回も即刻転送することを余儀なくされた。

宛先は、新宿のビル内にある会社だった。一応、住所の書かれた封筒をスマホで撮っておいた。二日後には十五万が振り込まれていた。

いったい、パッケージの中には何が入っている？

渡邉は、表参道にオフィスを構える馴染《なじ》みのイベント運営会社の部長、青山和夫《あおやまかずお》に連絡した。元々は外国人アーティストの招聘《しょうへい》をメインにしているイベンターだったが、近年は、国内のアイドルグループも多く手掛けていた。

「X線透過機器を使えるところを知らないか」

藪から棒に聞いてみた。

「小型ならオフィスに置いてある」

青山の答えは意外なものだった。

てっきりイベントごとにレンタルするものだとばかり思い込んでいた。そのレンタル先を教えてもらえれば、渡邉は自分で交渉するつもりであった。

「あんなベルトコンベアみたいなものまで、所有しているのか」

「他のイベンターにレンタルすれば償却できると当て込んで二年前に購入した。購入したとたんに、イベント自体の需要が消えた。埃を被っているよ」

青山が自嘲的に笑う。

大型コンサートなどで、入場者が危険物を持ち込まないかをチェックするために、イベンターはX線透過機を使用するケースが増えた。空港の保安検査のコンパクトバージョンだと思えばいい。

大物外国人アーティストなどは自らの命を守るために、招聘元に入場者のX線検査を義務付けているそうだ。

もっともこの一年半の間は、コロナウイルス禍で興行界は壊滅状態にあるのだが。

「明日、使わせてくれないかな。使用料は払う」

「手土産に安いバーボンのボトルを一本持ってきてくれ。最近は、外で飲む金もない」

渡邊は承知した。

翌日も同じような荷物が二個届いたので、さっそく青山の会社に出向いた。狭いオフィスだが閑散としていた。

「セッティングしておいたよ」

出勤日ではないのに、わざわざ出社してくれた青山が会議室の扉を開けてくれた。長机の上にX線透過機と思われる機材が鎮座していた。正面から見るのは初めてだ。

オフィス用コピー機のようなサイズの機器だった。

違うのは胴体の中央に空洞があるということだ。横の机に液晶モニターが置いてあった。画面はホワイト状態だった。

「イベントの入場チェックでは、この空洞にベルトコンベアを通すが、直接入れたらモニターにそいつの中身が映る。モノクロだがな」

「さっそく、使わせてもらう」

渡邉は携帯電話会社のパッケージを空洞に置いた。

「精密機器やフィルムでも影響を与えないタイプだ。だからどんな奴にも言い訳はさせない」

入場時に、様々な理由をつけて拒むヤカラが多いのは、渡邉も知っている。

「俺は、包装に影響がなければそれでいいんだ」

「まったくない」

青山が頷き、スイッチを入れた。モニターに黒い鱈子《たらこ》のようなものが五個ほど浮いて見えた。

「なんだこれ、大便かよ」

渡邉は思わず悲鳴をあげそうになった。

「いやいや、これはローターだよ、男性アイドルのライブでよく見かける」

青山が落ち着いた声で言う。

「ローター？」

「アイドルを見ながら自分でリモコンで操作するんだ」

青山に促され、もうひとつの箱に取り換えた。今度ははっきりわかった。

「バイブレーターとは」

渡邊は絶句した。

「ナベさん、あんたどんな取材している？」

青山が訝《いぶか》し気な顔をした。

「ワイルドターキーの十二年を持参した。グラスを用意しておいてくれ。俺はちょっくらポストまで行ってくる」

渡邊は荷物を大型封筒に詰め込んで、明日までに届くようにオフィスを飛び出した。これを使いたがって待っている人がいると思うと、少しだけ胸が高鳴った。

その日は、青山としこたまバーボンを飲み、夕方帰宅した。

翌日から、荷物はぴたりと来なくなった。

入金は、十五万を最後になくなった。藤森にメールを打ったが宛先がないと跳ね返ってくる。ネット検索するとホームページも消えていた。

御役御免ということか？

それとも『メーラーズ・ダム』が何らかの罪で摘発されたか。渡邊は首を傾《かし》げずにいられなかった。

単純にエログッズを転送しただけで実入りは二十万を超えた。被害どころか利益が出ているのだ。

だが、むしろそのことがどうも腑に落ちない。

スマホを開き、転送した荷物の宛先を見返した。四か所ほどあるが、いずれも都内のオフィスビルだった。

最初の送り先は赤坂二丁目の『㈱チノックス』という会社の営業部員、柳沢浩康という人物だった。

いまさらながらだが、渡邊は『㈱チノックス』をネットで検索した。

ホームページがあった。

資本金三百万円で従業員五名の小規模広告会社らしい。業務内容をタップすると、ネット広告、ホームページ作成、チラシ、パンフレット、販売促進グッズの制作、DM発送代行などとある。旧態依然とした広告会社のようだ。代表者名は野上圭太郎《のがみけいたろう》。

まずは、適当な理由をつけて、この『チノックス』に取材をかけてみることだ。

有楽町のオフィスに戻るための仕度をはじめると、つけっぱなしのテレビからニュースが流れていた。

『覚醒剤所持容疑の新宿東署の警察官が逃亡中。石坂《いしざふ》敬三《けいぞう》署長によると、拳銃の所持はしておらず……』

逃亡者の顔がアップになった。目鼻だちが整った女の顔写真がアップされていた。普通こうした容疑者の顔写真は実物以上に凶悪に見えるものだが、この写真はまるでモデルのカタログのような華やかさを放っている。

クスリで飛んでいる輝きだろうか。

どうでもいいことながら、そんなことを思いながら渡邊は、久しぶりにブリティッシュブルーのスリーピースに着替えた。

4

——そうきたか。

と芽衣子は、スマホで自分の顔写真が載るネットニュースを読みながら舌打ちした。

とうとう逃亡者にされてしまったようだ。

芽衣子はグレーのジャージを着たままベッドに寝転んでいた。

いまは午後二時過ぎだ。

歌舞伎町のSMクラブ『アンダーワールドガールズ』に息を潜めて、一週間が経つ。この間、一歩も外に出ず警察の出方を窺っていたのだ。

犯人が『太田麻沙美』と報じられているのが、救いだった。

本名の紗倉芽衣子は伏せられたままだからだ。

つまり原籍である公安部特殊機動捜査課は、組対《マルボウ》や捜査一課《ソウイチ》に何も情報を出していないということだ。

見捨てられたとも考えられるが、逆に考えると紗倉芽衣子は逃亡者ではないということだ。

警視庁の人事データからは、すでに抹消された氏名ではあるが千葉県佐倉《さくら》市役所では生きてる。

『太田麻沙美』となり、新宿東署に配属になった際、芽衣子は、元々住んでいた中央線阿佐ケ谷《あさがや》駅のマンションから『紗倉芽衣子』を横浜市に転出させた。そして阿佐ケ谷のマンションには、それまで板橋《いたばし》区に住んでいたことになっていた『太田麻沙美』が転入したのだ。

太田麻沙美は公安の手で作り上げられた人物だが実在する――。そう芽衣子は思っていた。公安刑事になってから気づいたことだ。

太田麻沙美は誕生したときから、いつか替え玉になるべく育てられたはずなのだ。おそらくは公安協力者の娘で、想像するに実際の太田麻沙美は現在、海外のどこかで暮らしているはずである。その国の人物になり切ってだ。

我が国の唯一の同盟国である米CIAと交換人事したのではないだろうか。

新たな名前を持った旧太田麻沙美は、今ごろCIAの諜報員となって、世界のどこかで、何らかの工作にかかわっているということだ。

原籍の公安部から何も指示がないということは、すべて自分の判断で行動していかねばならない。

この場合、まずは『紗倉芽衣子』に戻るのが手っ取り早い。

ベッドを下り、床に手を突き日課の腕立て伏せをした。毎日これをしないと、逆にストレスを覚えてならない。この一週間、毎日熟睡していたので、頭も晴れ渡っていた。そろそろ動くときだ。

芽衣子は個室を出て、事務室に向かった。

プレイルームの前を過ぎると、バシャッと肌を叩く鞭の音と男の悲鳴が聞こえてきた。音の感じからして六条《ろくじょう》鞭。緩い攻めだ。

ＳＭクラブには、昼でも客はいる。

夜に仕事を持っているＭ男は、昼のうちに打たれにやって来るし、勤務明けの警備員やタクシードライバーにも、鞭で打たれ蠟燭を垂らされないと眠れない、という者が多い。

それはかならずしも仕事のストレスによるものばかりではない。体質だ。酒を飲まなければ眠れない、自慰をしなければ眠れない、とほとんど同一のものなのだ。

事務室の扉をノックした。

「女王、どうぞお入りください」

立花の謹厳な声がする。

「その女王というのは止めてくれませんか。警察官になって、もう八年になります。照れくさいですよ」

頭を掻きながら伝えた。

「私とあなたの関係は女王とキング以外のなにものでもありません。キングは尊敬する女王にしか協力しないのがこの業界の決まりです。キングが警察官になど手を貸すわけがないではありませんか」

なるほど理屈であった。

「では、女王として、頼みがあります」

芽衣子は、眼に力を込めて伝えた。

「私に出来ることであれば」

立花も強い視線を返してくる。

「キングの風脈《ふうみやく》と水脈《すいみやく》を借りたいの」

芽衣子は頬を撫でながら頼んだ。

「ほう」

立花が芽衣子から視線を外す。天井を見上げている。思案している様子だ。芽衣子が続けた。

「察していると思うけど、私、警察官なのに警察に追われることになっちゃって、かなりヤバい状況なのよ」

「女王が、国家権力と闘うとなれば、ＳＭ業界は喝采《かっさい》を送らねばなりますまい」

立花が視線を芽衣子に戻してきた。今度は柔らかい表情になっている。

「望んだことじゃないんだけど、なんか喧嘩売られたみたいで」

肩を竦めてみせた。

「売られたのなら、買うしかないです。イジメて欲しいお客を無下には帰せませんよ。よろしい、私の風脈水脈でよければ繋ぎましょう。風俗業と水商売の結束は固いですよ。どこから手を付けますか」

立花が、ざっくばらんに聞いてきた。

「まずは、六本木のクラブ『乱酔』について調べて欲しいの。オーナーや出入りしている人物たちについて」

「お安い御用で」

立花が頷きながら、スマホにメモを打ち込んだ。

「私は、攫《さら》って尋問しなければならない相手がいるので、六本木に出るわ」

「いやいや、いましばらく、ここに隠れていた方が」

立花が事務室の机に置かれたノートパソコンを顎でしゃくりながら言った。

すでに太田麻沙美として顔写真が出回っていることを心配しているのだろう。SMのキングの心配顔は、どこか滑稽に見えた。

「リスクがあるから、ぞくぞくするのよ。やるかやられるか。それが人生の醍醐味だわ」

芽衣子は笑った。

「根っからの女王ですね。それなら、せめて武器をお持ちになってください」

立花が壁際に置かれた木製の縦長ロッカーに進み、観音開きの扉を開けた。

芽衣子は眼を瞠った。ずらりと鞭が並んでいる。

木製や真鍮《しんちゅう》製のグリップが、重厚な輝きを放っている。グリップの下に垂れさがっている黒革も、妖気に満ちていた。

そこいらのアダルトショップに並んでいる普及品ではない。鞭職人が腕によりをかけて拵《こしら》えた逸品ばかりだ。

「まぁ、凄いコレクションですね」

「どれでもお持ちください」

立花が微笑んだ。

「いいんですか」

「はい、私には、扱いきれなくなった道具ばかりです。女王の手元で、輝いてもらった方が鞭冥利につきるかと。一本と言わず、何本でもどうぞ」

芽衣子は、一条《いちじょう》鞭を一本取った。

「グリップがとても馴染むわ」

軽く振った。革は約一メートル。ビシッと空気を切り裂いた。振った芽衣子自身が目を剝いた。刃物のような鋭利な切れ味の鞭だった。

「そいつは、一度しか使っていません。女王が扱ったらたぶん肉にまで食い込ませることができるでしょう」

立花が得意気に言う。サディストには道具自慢が多い。

「これなら、匕首《あいくち》とでも闘えるわ」

お世辞抜きに凄い道具である。

「ぜひ、ロングもお持ちください。巨象が相手でも役に立ちます」

立花が、手前の道具を指さした。グリップの先で黒革が丸められている。振ると長く伸びるタイプだ。

「二メートルぐらい？」

「そのぐらいあります。カウボーイが牛を追う時に使うやつですよ」

「振り回してみたいわね」

「ぜひに」

立花は本当に嬉しそうだ。

「キングは、生まれながらにしてのサドだからね」

「はい、生まれが新潟の佐渡《さど》なので。東京に出ても故郷を忘れないようにこの商売に就きました」

予定調和の会話に、気持ちも和らいだ。

立花が、背後の棚からさらにリュックを取り出してきた。

「他に革紐、六条鞭、ボールギャグ、手枷《かせ》、足枷、手錠、伸縮棒、スパンキングパドルなどを詰め込んでおります」

子供を遠足に送り出す父親のようだ。

「キング、いつかコラボしたいわね。ダブルでいたぶって欲しい客が来たら一緒に左右から滅多打ちにしてあげたい」

「望むところです」

「この鞭、試し打ちしてもよいですか?」

「もちろんです。ただいま格闘家の客が来ています。元々、肉体を鍛えてありますから、かなり無茶をしても大丈夫な客です」

極道や格闘家にはドMが多い。究極の命知らずだからなれる職業なのだ。

「それはありがたいわね」

「いまは、凛花《りんか》という新人が打っていますが、どうぞお手本を示してください。客は無指名ですから、遠慮はいりません」

立花がデスクの上のベルを押した。隣室で赤いランプが点灯しているはずだ。チエンジのサインだ。

芽衣子は、プレイルームへと向かった。

鉄の骨組みだけのベッドに真っ裸でうつ伏せに括りつけられている客は、見るからに筋骨隆々とした背中の持ち主だった。

両手首と足首は手錠で固定されている。

「おうっ。いいっ」

六条鞭でためらいがちに打っている新人女王の責めでも、男は歓喜の声をあげている。ただし、灸を据えられている程度の喘ぎだ。

芽衣子はその場にしゃがみこみ、ベッドの下側を覗いた。喘いではいるものの、金網状のフレームに押し付けられた陰茎は萎えていた。

「ねぇ、凛花女王、十万でこの客、売ってくれる？」

芽衣子は、微笑しながら茶封筒を差し出した。

「あっ、はい」

新人女王は、眼を泳がせた。

客が求めたわけでもないのにチェンジを強要したのだ。新人が指名を得るためのチャンスを奪ったのだから、その代償を支払うのは当然だ。

女王にもマナーはある。

新人が封筒を受け取り、客にはわからないようにすまなさそうにお辞儀をした。

「こいつが、死んじゃうところ、見ていっていいわよ」

伝えながら鞭を空打ちした。空気を切り裂く乾いた音が響く。

格闘家の毛むくじゃらの背中がびくりと強張った。芽衣子は相手に、覚悟の猶予を与えず、一気にその背中に一条鞭を振り下ろした。

「あうぅううう」

広い背中に、即座に斜めのミミズ腫《ば》れが浮かんだ。想像していた以上の切れ味だった。

「この豚野郎が！」

今度は尻に見舞ってやる。鞭が虚空に舞い、しなりながら落ちてくる。

「うはぁあ」

もう一発尻に、打ち込んでやった。

たすき掛けに打ちつけたので、格闘家の尻に赤い×印が浮かんだ。

芽衣子は、鞭のグリップを逆さに握り、その先端を尻底のあわいから、ちらりちらりと覗く睾丸《こうがん》に押し付けた。皺が一気に濃くなった。さらに押す。

「んが、くぅううう」

声が上がる。野太い喘ぎ声だ。玉潰しだ。

「おっさん、名前は」

深く押したまま尋ねながら、芽衣子は新人女王に視線を投げた。察した新人がしゃがみこんで、ベッドの下を覗いた。

陰茎が硬直しているようだ。新人女王が瞳を輝かせ上唇を舐めた。

「リングネームは黒蜥蜴《くろとかげ》譲《ゆずる》といいます」

「勇ましい名前ね。譲ちゃん。あんた、今日から私の奴隷になるのよ」

「はいっ」

歓喜に尻を震わせた。芽衣子は、睾丸からグリップを離し、二歩後退した。譲の尻との距離一メートル。

「じゃぁ、ご褒美に、けん玉打ちをしてあげる」

やにわに鞭を振り上げる。

黒鞭の尖端が、空を切る音を立てながら、背後の壁に向かう。そこから一気に反転させる。きっちり百八十度地点からの返しだ。

黒革はまったく緩まず、まるで細い棒のように直線を保ったまま、睾丸を叩いた。金玉一点狙い。

名付けて『黄金バット』だ。

「うわぉおおおおっ」

皺玉の中央を鞭の尖端が弾いた。

そのまま、睾丸を集中的に打ってやる。玉が上下左右へと動く。

「くはっ、んんんんっ」

譲は悶《もだ》え続けた。ベッドの下の床に向かってしぶく音を聞いた。

しゃがみこみ、譲の陰茎を眺めていた新人女王が、荒い息を吐きながら股間に指を這わせていた。深紅のボンデージのクロッチの隙間から、人差し指をこじ入れ、掻きまわしてるようだ。

「あうっ、あっ、あっ、あんっ」

顔が喜悦に歪んでいた。もうひとつの試し打ちがしたくなった。

「凜花、指を抜いて！」

びしっと床を打って、間合いを取る。

「あっ、すみません」

凜花がクロッチから指を抜いた。その人差し指からは湯気が上がっていた。

「満割《まんわり》打ち！」

アンダースローでボールを投げるように、芽衣子は鞭の尖端を床から凜花の股間に打ち上げた。

「ひっ、いやぁあああ。革が食い込みますっ」

クロッチの上からではあるが、女の肉丘をくっきり左右に分けるように鞭が中央に食い込んだ。

何度も繰り返してやる。

「あっ、はうっ、いっちゃいます」

妙な喩えだが吸いつきもよかった。打力と粘力の双方を兼ね備えた黒革だった。

まさに名鞭《めいべん》である。

それから二十分ほど、芽衣子は、格闘家と新人女王を相手に、様々な角度から、鞭を入れた。

剣術家が、刀の切れ味を藁束《わらたば》で試すのに似ていた。

譲の背中や尻のあちこちには、刃物で切られたようなざっくりした傷跡がついた。

それでも譲は、喜びの精汁を何度も噴き溢《こぼ》していた。

凜花の方は、ボンデージクロッチを股間に食い込ませたまま、口から涎を垂らしていた。

芽衣子は納得した。

これで、銃やナイフがなくても闘える。

女王刑事《デカ》だ。

第三章　反撃

1

そのビルに入った瞬間、渡邊裕二は、茫然となった。

『サクセスプレイス赤坂』と名付けられた五階建てのそのビルのロビーには、壁一面に入居企業の一覧があいうえお順に並んでいるのだが、その数は二百を超えている。百平方メートル足らずのフロア面積であるのに対して、企業数は二百以上である。

タ行に視線を走らせた。

『㈱チノックス』の表記があった。

会社自体は実在しているということだ。

だが、その社名の横にあるフロア表示を認めると、渡邊は再び訝しく思った。

一階とは？

自分が立っている場所から、視線を正面に向けてもそこにはパーテーションしか見当たらないのだ。

ロビーとその先を隔てるような灰色のパーテーション。それがあるだけだ。

パーテーションの端に、扉があった。

まるで工事現場の塀についているような扉だ。ただし、その脇にはカードキーのセンサーがついている。自由に出入りできるということではないらしい。

あの中に『チノックス』のオフィスがあるということか。だが、社名案内板を見た限りでは、一階だけで、百五十社ほどもある。

いわゆるコワーキングスペースなのか。そういったスペースでも、会社登記は可能だ。

渡邊が顎を扱《しご》きながら思案に耽《ふけ》っていると、エントランスの自動ドアが開いて、ロビーに男がひとり入ってきた。グレンチェックのブランド物らしいジャケットに白のボトムス。小脇にセカンドバッグを抱えていた。

全体に大き目のサイズの上下をざっくり着ている感じは、どう見ても普通のビジネスマンには見えない。

ややメッシュの入った頭髪も、きちんとセットされていて、まるでモデルのようだ。二十代後半に思えた。

その男はエレベーターの方へ向かうかと思いきや、パーテーションの扉を開けて中に入っていった。

渡邉は思わず凝視した。開いた扉から、わずかに中の様子が覗けたのだ。なんと室内には銀色のメールボックスがずらりと並んでいるだけだ。まるで貸金庫のような光景だ。

——バーチャルオフィス。

脳内に、ゆらりとその言葉が浮かび上がった。ホームページとメールボックスだけのペーパーカンパニー。

そう考えれば納得がいく。

『チノックス』という会社に、電話を入れてみることにした。ここまで電話をしなかったのは、いきなりの訪問の方が相手が取り繕《つくろ》えないと思ったからだ。

渡邉は、使い捨て用のスマホを取り出し電話をした。呼び出し音三回で受話器が上がった。

「はい、『チノックス』でございます」

女性の声がした。よく響くアナウンサーのような声だ。

「あの『夕刊ラッシュ』の渡邊と言いますが、営業部の柳沢さんはいらっしゃいますか？」

「はい、柳沢でございますね……少々お待ちください」

女性の声がそこで止まり待ち受けメロディになった。明るく伸びやかなピアノジャズの音だった。十秒ほど待たされた。

「恐れ入ります。柳沢は、ただいま外出中でございます。急ぎ柳沢から、ご連絡を差しあげるようにいたします」

慇懃《いんぎん》無礼《ぶれい》な感じはなかった。

「そちらに、こちらのナンバーは表示されていますか？」

「はい、確認出来ております」

女性はナンバーを言った。

「では、柳沢さんに、『夕刊ラッシュ』の〈今週の営業マン〉でインタビューしたいのですが、とお伝えください。お返事はお手すきの時間で結構です」

〈今週の営業マン〉は実際に存在する。渡邊は事前に芸能デスクから担当者に根回しをしてもらっていた。

「畏《かしこ》まりました」

「ところで、御社の所在地は赤坂でよろしいのですか」

さりげなく聞いた。

「いいえ、赤坂オフィスにオフィスはございません。当社は、多くのクライアントさんが出したアンケートハガキの受け取りも引き受けておりまして、そのために専用の私書箱を用意しております」

「あっ、そうなんですね。では、本社はどちらに」

「西麻布でございます」

「そうですか。ホームページには赤坂の住所しか掲載されていなかったので」

「申し訳ございません。一般の方へのご案内は赤坂で統一しているものですから」

女性の声が微かに揺れた。

「わかりました。柳沢さんをインタビューする際は、そちらにうかがえばいいのですね」

「はい、それは柳沢とご相談ください」

あわよくば住所やビル名を聞き出したかったのだが、うまく躱《かわ》された。

「失礼ですが、お名前を伺ってもよろしいでしょうか」

「はい。私、真鍋《まなべ》といいます」

「では、真鍋さん、柳沢さんによろしくご伝言ください」

「はい、至急連絡させます」

渡邊は電話を切った。

ちょうどパーテーションの扉が開いて、グレンチェックのジャケットの男が、出て来たところだった。

特に変わった様子はない。

こいつとコネを付けるのが手っ取り早いのではないか。となれば、まずはこいつの行動形態を知りたい。

渡邊は尾行することにした。

『サクセスプレイス赤坂』を出た。

通りを隔てた向こう側にカフェがあった。内堀通りと外苑東通りを繋ぐその通りは結構な量の車が走っていた。

男はそのカフェの方へ行きたいのか、横断歩道のない車道を横切ろうとタイミングを見計らっているようだった。

渡邊の存在にはまったく気がついていないようだ。

二メートルほど離れて待った。

「うーん。もう行っちゃったみたいね。ロビーにも出たところにも、記者風な男は見当たらないし」

突然、背中でそんな声がした。聞き覚えがある女の声だ。それもそのはず、たったいま電話で話した真鍋という名の女ではないか。

振り向いて顔を見たい思いを必死で堪え、渡邊は前方だけ見据えていた。

「赤坂駅の方に行ったかも知れないけれど、多すぎて、ぜんぜんわかんない」

上下の信号が赤になったせいか、車の行き来が一時的に止まった。

グレンチェックの若者はさっと走って通りを渡った。カフェに飛び込んでいく。行き先がわかれば、焦ることはなかった。

渡邊は、横断歩道のある位置まで歩くことにした。この場合、駅とは逆の乃木坂側に歩くのがいい。

「ごめん、今日はこのままあがるわよ。だから朝に言ったじゃん。久々にオーディションだって。先週頑張ったから、Dプロからのご褒美でとりあえず東洋《とうよう》テレビの『欲望記者』の書類審査に通してもらったのよ。エキストラみたいなものだけど、ワンカットでも映ったらプロフィールに箔が付くのよ。もうじきリカが来るから、残りの芝居はあいつにやらせて。比沢《ひざわ》美里の名を売るチャンスなんだから!」

真鍋は偽名で、比沢美里が本名らしい。少なくとも使用している芸名のようだ。

『欲望記者』は、新聞社の物語で、社会部から飛ばされた記者が様々な部署を渡り歩きながら事件を取材していく話だが、必ず女との情事が絡むという一世代前の雰囲気を持ったドラマだ。深夜枠なのに高齢男性に人気があり、現在シーズン3まで放映されている。

——Dプロ。

これは大きなヒントだ。

この女から『チノックス』や『メーラーズ・ダム』の手掛かりがつかめるかも知れない。女は赤坂駅の方向へと歩を向けた。ちらりと横顔を見た。鼻筋の通った美形だ。だが、芸能界全体で見れば、それは普通レベルの美形だ。

さて、女と男、どちらを追うべきか。

渡邉の足は、本能的に比沢美里とは逆方向へと向かっていた。Dプロは業界一の芸能プロだが、その方面に渡邉は明るかった。

——いずれ割り出せる。

いまは、目の前の私設私書箱から出て来た若者を追う方が、何かを掘り出せそうだ。未知の洞穴へと足を踏み入れたくなるのは、記者の性分だ。

2

午後の柔らかい日差しがカフェのテラス席に降り注いでいた。

男のテーブルにはＢＬＴサンドとグロールシュが載っている。

昼は立ち食い店で、たぬき蕎麦と稲荷寿司二個を注文すると決めている渡邊とは、えらい違いだ。

——しゃらくせえ奴だ。

そう呟きながら店内奥へと進み、日の差し込まない奥まった席に腰を下ろした。その位置から、男の様子がよく見えた。

渡邊はエスプレッソをオーダーした。

張り込み取材では、いつ席を立っても不自然ではない容量の飲み物を頼むことにしている。

マトの男は、光のシャワーを浴びながらビールを飲んでいる様子が、ＣＭモデルのようにサマになっている。

写真家とかデザイナーといったクリエイターだろうか？

はたまたモデルか。

そんな華やかなオーラを放っている男だった。

男は食事をしながら盛んにスマホをタップしはじめた。ときおり眉間に皺を寄せ険しい表情になる。その仕草もサマになっている。

五分ほどして、男の席に女がやって来た。

長い黒髪の、スタイルの良い女だった。背も高い。いかにもＯＬ風のグレーのスカートスーツだが、スカート丈がやや短いように感じた。

「亮《りょう》ちゃん、待たせてごめん」

「ぜんぜん、待っていないよ。香織《かおり》ちゃんこそ、わざわざすみませんね。社長に、どうしても今日中に資料が欲しいってせかされちゃって」

亮が詫びているようだ。

そこまでは、ふたりのやり取りがはっきり聞こえたが、香織が椅子に腰を下ろし、ウエイターにアイスミントティをオーダーしてからは、会話はとぎれとぎれにしか聞こえてこなかった。

こんな時は、人海戦術のとれる大手週刊誌を羨ましく思う。

渡邊は必死に耳を澄まし、ふたりの表情にも集中した。

表情からは、雑談している風にしか見えなかった。

だが、香織の目の前にアイスミントティのグラスが置かれ、ウエイターが引き揚げていくと香織の表情が一転して真顔になった。

話が聞きたい。

渡邊は、さりげなく席を立った。スマホをかけるふりをして、ふたりのテラス席の横を通り過ぎる。

「名簿はコピーしてきたわよ。接待するならこのメンバーね。マル印をつけてあるわ」

香織がそう言いながら、亮に封筒を差し出していた。

「めちゃ助かる。香織ちゃんには絶対迷惑をかけないから」

亮が封筒をすぐにジャケットの胸ポケットの中に隠した。

「うん、そこはお願いよ。亮ちゃんが言わない限り、私が名簿のコピーを横流ししているなんて絶対わからないんだから。それより、亮ちゃん……」

香織の眼の縁がねちっと紅く染まった。発情の色だ。

「えっ、どうしたの香織ちゃん」

亮がビールグラスに唇を押し付けながら、上目遣いに香織を見つめた。アイドル俳優のような仕草だった。

渡邊は、そのままゆっくりと歩いて道路に出た。外で話すマナーある客を演じながら、道路側からふたりの様子を窺った。スマホを耳に当てたままだ。

「私、午後半休をとっていたんだけど……」

香織がアイスミントティのグラスを持ち上げ、ストローを咥えながら亮を見返した。エロティックな眼差しだ。

「いや、俺、これ持って早く社長のところに行かなきゃならないんだけどな」

亮は困ったように顔を曇らせ、両手で髪を掻き上げた。

「二時間ぐらい遅れてもいいんじゃないかしら。社長には、私が遅れて来たって言ったらいいじゃない」

香織が拗《す》ねたように頬を膨らませた。

——社長。

誰だよ。ホストクラブの経営者か？

亮は五秒ほど空を眺めて、すぐに頷いた。

「そうだよね。せっかくお昼から香織ちゃんに会えたんだ。俺も少し、ゆっくりしたいな」

香織の顔がにわかに明るくなった。

「私、ちょっとお手洗いに行ってくる。戻ったらすぐに、出ようね」

「わかった。香織ちゃんがお化粧直している間に、社長にメールしておくから」

香織が席を立つと、亮はすぐにスマホを弄り出した。

タップし終えると、セカンドバッグのファスナーを開け、何かを探しはじめた。

何かを握ったまま手を出し、そのままテーブルの下であわただしく両手を動かしはじめた。渡邊の位置からでは、その手元は見て取れなかった。

これ以上接近するのは危険すぎた。

渡邊は、スマホを耳から外し、撮影モードに切り替え、手を下ろした。

レンズの向け方がアバウトなので亮の手元が写っている確率は三十パーセントほどだ。

亮の右手がすっと上がった。また拳を握っている。

その拳が、テーブルの上の香織が飲んでいたアイスミントティのグラスの上に差し出され、ぱっ、と開く。粉が落ちた。

亮が、挿し込まれたままのストローでくるくると掻き混ぜると、粉はすぐに溶解した。

渡邊は、元の奥の席へ戻ることにした。

カフェの入り口付近で、妖艶さを増した香織とすれ違う。ほぼ間違いなく違法薬物を食わされると知りつつも、伝える気にはなれなかった。

——所詮は男女の仲のこと、だ。

席に戻った渡邊は、聞き耳を立てながら、たったいま撮影した動画の再生を試みた。残念ながら、亮の手元は写っておらず、渡邊は落胆した。

写っていたのは、亮の太腿の脇に置かれていたセカンドバッグだった。ファスナーが開いたまま口がこちらに向いている。中にはスマホが四台ほど詰まっていた。

なんだ？

薬物も気になったが、何故スマホが四台も入っているのか、それも気になった。

自分が転送役になった荷物もすべて携帯電話会社のパッケージであったことを思い出す。

あの私設私書箱で回収されていたのか？

その疑念が膨らんだ。

だとすれば、目の前にいる亮が回収担当ということになる。尾行を続けるべきだと判断した。

「真っ昼間なのに、なんで亮の顔を見ているとエッチな気分になっちゃうんだろう」

香織が憚らずにそんなことを言い出した。

見ると上半身がやたらと揺れていた。アイスミントティのグラスは空になっていた。

亮がグラスの中に放り込んだ粉の効果のようだ。やはり違法薬物か。とすれば、純正の覚醒剤というよりは、催淫効果の強いMDMA《エクスタシー》の可能性が高い。

「俺も、香織ちゃんの顔を見ているうちに、その気になってきたよ。行こうか？」

亮が伝票を持ち立ち上がった。

「近く？」

レジに向かう亮に追いすがり、腕を絡めた香織が甘えた声を出している。

「近くでも平気なの？」

亮が聞き返している。

「あちこち動くより、さっと入った方がいいわ。すぐにしたいもの」

香織の右手が亮の形の良いヒップを撫でている。やりたくてやりたくてしょうがないという手つきだ。渡邊も伝票を持ってふたりの背後に並んだ。

カフェを出たふたりは、国際新赤坂ビルの東館と西館の間の道を抜け、左に曲がった。六本木通りへと繋がる坂の麓にある古城のようなホテルへと入っていった。

どうやら真昼の情事に耽るようだ。

渡邊は、近くの蕎麦屋に入り、ひと息入れることにした。

男と女が真っ昼間にラブホテルに入ったら、相場は二時間と決まっている。

その頃に張り込みを始めても遅くはないだろう。

まずは燗酒と板わさ、それに焼きのりを頼んだ。

午後の中途半端な時間に蕎麦屋で徳利を傾けるのは、フリーランスの特権である。

それも老舗などではなく、早くから大相撲中継を流しているような町の蕎麦屋がいい。

猪口《ちょこ》を呷った。ぬる燗の酒が緊張した脳を一時的に緩和してくれる。

——いい気分だ。

頭の中に蘊蓄《うんちく》が浮かぶ。どうでもいい蘊蓄だ。

蕎麦屋で昼酒を楽しむ習慣は、江戸時代中期あたりから始まったと、物の本で読んだことがある。

当時は、朝夜の二食が当たり前で、蕎麦はその中間食として存在したという。茹でるのに、いま以上に時間がかかったので、待たせている間に酒を出したのが始まりだそうだ。

そんな蕎麦屋が、町中のいたるところにあったようだ。現代のカフェである。数人で会食を楽しむ居酒屋とは異なり、蕎麦屋は、ひとり飲みがほとんどであったというが、その習慣はいまも続いている気がする。

そんな蘊蓄を自分自身に垂れながら飲んだ。

——酒がうまい。

昼酒はあらぬ妄想も掻き立てる。

いまごろあの香織という女が、自ら腰を振ってスカートを下ろしていることを想像し、軽い発情を覚えた。

——きっと自分から脱いでいる。

そしてベッドに仰向けになり、パンツだけは亮に脱がしてもらうのだ。

渡邊は、土手に旺盛に生えた香織の陰毛を夢想した。もっさり、だ。

陰毛の下の亀裂まで想像が及ぶ。

身長の高さに比例して亀裂は長いのではないだろうか。

その薄茶色の肉丘を、二本の指でパックリ開いたら、中から汁と共に、パールピンクの小陰唇が、にゅるりと溢れ出してくるに違いない。

勝手な想像だ。

身長と女陰の亀裂の長さが比例するなどというエビデンスはどこにもない。

ふと下を向くと、ズボンの中央がテントを張っていた。最低だ。

気を取り直して、取材方法の再構築に意識を向けた。

亮ばかりではなく、香織の素性も知る必要が出て来たわけだが、それには人手が足りない。ラブホから出て来たふたりが別々の方向に動いたら、自分ひとりでは、どちらか一方の素性調べを放置せざるを得なくなる。

助っ人がひとり入り用になる。

渡邊は、せいろ蕎麦二枚と掻き揚げのオーダーを済ませると、後輩のフリーライターにメールを送った。

芦田《あしだ》隆介《りゅうすけ》。

専門は風俗取材で、歌舞伎町の事情にやたら詳しい男だ。三十七歳。渡邊とは、記者としてのジャンルが違うのでコラボがしやすかった。

【暇か？】

用件を抜きに打った。

【先輩、またアイドル俳優にAV嬢を紹介しろって話ですか？】

芦田はすぐに返事を返してきた。暇だということだ。

【今から尾行を頼みたい。女だ。勤め先がわかればそれでいい。三万】

香織の方を、こいつに振ることにした。

【了解しました。すぐに行きます】

三万円の出費は痛いが、香織が何者かわかれば、亮の狙いが読めてくる。こっちは、当初の取材方針通り、転売されたスマホの行方と目的を暴きたい。

蕎麦屋の歴史を記したものの本によれば、江戸っ子は、蕎麦が出るまでは酒で間を繋ぐが、蕎麦が出たら一気に完食し、長居せずに帰ることを粋《いき》としたようだが、渡邊はたっぷり二時間ほど、その店に滞在した。

途中で曙橋からやって来た芦田が合流し、うだうだと飲んだ。渡邊は静岡、芦田は福井の出身だった。

共に江戸っ子ではない。

そろそろ二時間が経ったと思しき頃、ふたりは立ち上がった。

晴れ渡っていた空に灰色の雲が這い出していた。亮と香織の入ったラブホが見える辺りを芦田とふたりで、何度か行き来した。

午後四時三十五分。渡邊の予想が見事に当たり、ふたりは二時間ぽっきりの情事を堪能したらしく並んで出て来た。

ふたりともまだ猥褻《わいせつ》な気配に包まれていた。

「あの女、ほんのちょい前までスカートもパンツも脱いで、太いの挿し込まれていたんでしょうね」

芦田が、卑猥《ひわい》な視線を投げつけながら言った。

「あぁ、たっぷり粘膜を擦られた女が、どこへ戻るのか調べてくれ。出来れば、今夜一晩の行動をチェックしてくれたら、あと二万円はずむ」

「へぇ、先輩、ずいぶんと入れ込んでいますね。でかい事案《ヤマ》でも絡んでいるんですかい」

芦田が時代がかった言い方をした。

テレビ局の敷地に面した赤坂通りに出ると、香織は山王下《さんのうした》へ、亮は乃木坂方面へと別れた。

「妙なスケベ心を起こすなよ。言われた通りのことだけしてくれたら、追加の頼みごとをするかも知れないが、ネタを横取りしようなんて考えたら承知しねぇ。どこにも書けなくしてやるぞ」

芦田に、とりあえず釘を刺しておく。

信用はしていても、いつ寝首をかかれるか知れないのがフリー同士というものだ。

「まだまだ、先輩のことは、裏切りませんよ」

芦田は濃紺のブルゾンのポケットに両手を突っ込んだまま、香織を追って行った。

いつかは、裏切りますよ、というサインだ。

そのぐらいの若造の方が張り合いがあっていい。フリー同士は、離合集散が常である。

亮がタクシーを拾った。渡邉はナンバーを暗記して、自分もすぐに次にやって来たタクシーに手を挙げた。

3

真夜中だ。

芽衣子は、閻魔坂をゆっくり下った。

特殊メイクをすっかり落とし、一年ぶりに紗倉芽衣子に戻っていた。不思議なものので、自分なのに自分じゃないみたいだ。

灰色のジャージの上下に、濃紺のリュックを背負い、白のキャップを被っていた。それにスニーカーだ。

あいかわらず魑魅魍魎《ちみもうりょう》な空気が漂う坂を下り、クラブ『乱酔』の手前のビルを見上げた。

先週、逃亡する際に、防波堤になってもらったショーパブ『処女航海』のあるビルだ。

先週は裏の路地を伝って逃げてしまったので、改めて袖看板の店名に向かって、礼を言う。

——いずれ、飲みに来てやろう。

芽衣子は、そのまま『乱酔』の方へ歩を進めようとした。

と、ビルのエントランスの奥に見えるエレベーターの扉が開き、華やいだ声が聞こえてきた。

「幸《さっ》ちゃん、どうしても、お隣のクラブに行っちゃうのぉ〜。もっと、歌っていたかったのにぃ～」

金髪の鬘をしっかり被った綾乃の野太い声だった。

肩を出した真っ赤なロングドレスを着こんでいる。地方回り《ドサ》の演歌歌手のようなドレスだ。

「うーん、ごめんね。呼ばれちゃったから。また来週くるから」

黒のワンピースにゴールドのネックスレスをした客が、綾乃の肩を抱いて言い訳している。

セミロングの黒髪だった。ゴールドのネックレスがやけに艶めかしく輝いていた。

客は天然の女性だろうか？

そう思って、なにげに客の顔を凝視した。

会ったことのあるような顔だ。だがはっきりしない。もやもやとした気分だ。

「そう言わずに、帰りにまた寄りなさいよ。クラブからいい男を引っ張ってきたら、幸ちゃんは無料。どぉ」

「見つけたらね」

粘る綾乃を振り切り、女は道路に出て来た。

小顔の和風美人であった。

いわゆる夜の街の女特有の作った笑顔ではなく、心底、楽しんでいる顔だ。

「そんなこと言わないで、絶対見つけて来てよ！」

綾乃が乱暴に言った。

「もう本日の受付は終了です」

女が振り返って、手を振っている。

その言葉に芽衣子の胸は一気にざわめいた。頭蓋の奥から記憶が蘇ってきたのだ。

この女は、新宿東署の交通課の女ではないか。

『もう本日の受付は終了です』

そう答えている彼女の声を何度も聞いていた。車庫証明受付窓口に毎日座っている女性警官。名前までは記憶にないが……。

署内では制服を着て、髪はひっ詰めているので、まったく違う印象なのだが、甘ったるい声に特徴があった。

歌舞伎町の立花が『目は修整出来ない』と言ったが、声も同じだ。

ボイスチェンジャーなどの機材で変えることは出来るが、生声を変えることは不可能だ。年齢を経ても声の質そのものはあまり変化がない。

女はそのまま隣のクラブ『乱酔』に駆けこんで行った。

女性警察官が、六本木でハシゴしていてもおかしくはないが、『乱酔』というのが引っかかった。

しかも、すでに終電もなくなっている時刻だ。

「あのう？」

芽衣子は、顔バレのリスクを承知で、エレベーターに戻ろうとしている綾乃に声をかけた。

「あら、観光？」

いきなり笑顔を向けられた。

リュックを背負った旅行客に見えたらしい。芽衣子の顔には記憶がないようだ。特殊メイクをとった効果は歴然だ。

「いまの女、常連ですか」

「やだぁ、いきなりなによ」

綾乃が怪訝な顔をした。

「いや、あの女、詐欺師なんです。私、先月、あの女に渋谷の路上でキャッチされて、無理やり高額な化粧品を買わされたんですよ。ローンを組まされてね。それでずっと尾行しているんです。すみません、いきなりこんなこと言って」

もっともらしいことを並べた。

「あらぁ、本当だったら同情するけど、私、あんたのことを知らないから」

案外、綾乃は口が堅かった。水商売としては優等生の部類に入る。

「そうですよね。ごめんなさい。突然、大借金を背負ってしまったんで、私、ちょっとおかしくなっているみたいです。言うわけないですよね。お姉さんにとっては、大切なお客さまなんですから、個人情報なんて」

今度はしおらしく伝えてみる。

ここは、いかに本当らしくみせるかだ。エレベーターは一度閉まり、五階まで上がってしまっていた。降りてくるまで間があった。綾乃が舌打ちしながら、ぶっきらぼうに言った。

「今夜初めての客だよ。隣にはよく出入りしているみたいだけどね。詐欺師ね。なるほど羽振りがいいわけだ。でもあんたには悪いけど、払うもの払ってくれたら、うちらにはお客さんだし。世の中、化かし合いだからね」

綾乃が意味ありげに笑った。遠回しに励ましてくれているようだ。

世の中、化かし合い。そうなのだ。やはり夜の街の住人はたくましい。

「ありがとうございます。私、お金取り戻したら、絶対に『処女航海』に来て、お姉さんのこと指名します」

印象をよくして別れることにした。

「楽しみにしているわ。あの女はたぶん、二度とこっちには来ないと思うし」

綾乃が断定的に言った。

「どうしてそう思うんですか？」

「だって、先週、うちであった国税とのやり取りの話ばかり聞くんだもの。あなたから詐欺と聞いてわかったわ。自分たちもやばいと思ったのよ。だから、情報収集に来たのよ。国税は犯罪で得た金にもきっちり税をかけてくるからね」

「そうなんですか。被害者に戻すんじゃなくて、徴収しちゃうんですか」

知っていたが、初めて聞いたふりをした。

「そういうこと。あんた『乱酔』に潜りこもうなんてことは考えないほうがいいわ。あそこは紅蛇連合のたまり場。素人が手を出せる場所じゃない。それより手っ取り早く風俗で稼いじゃった方がいいよ。二度と騙されない根性がつくわ」

ちょうどエレベーターが降りてきた。綾乃がくるりと背を向けて乗り込んでいく。

「私、必ず、綾乃さんを指名しに来ます」

芽衣子は綾乃の背中にそう叫び、エレベーターの扉が閉まるまで、頭を下げつづけた。大きな情報だった。

新宿東署の車庫証明受付係が、なぜ、先週の事情を聞きに『処女航海』へやって来たのだ。そこらへんに、自分が襲われたヒントがありそうだ。

——はっきりさせてやろうじゃないか。

芽衣子は、六本木墓苑を囲む金網の塀に寄りかかりながら、『乱酔』の入り口を見守った。金網には、いくつか人が通れるほどの隙間が開いていた。ペンチで切ったような隙間だった。

相変わらず空気は蒸しているが、時折吹き寄せてくる涼風が心地よかった。

そんな風に身を任せながら張り込みを続けた。

『乱酔』は、闇が深くなるほどに光彩を増しているように見えた。

客の出入りも増えている。自分を売った美里やリカ、あるいは運び屋のジュンイチやエイミが現れはしまいかと、監視に集中した。

しばらくすると、『乱酔』の前にバーテンダーが出て来た。

スキンヘッドに髑髏や赤いスネークのタトゥーを入れているので、すぐにあの時のバーテンダーとわかった。

と、その前に、ワゴン車が一台滑り込んでくる。黒のアルファードだ。

芽衣子は、素早く『乱酔』とワゴン車の間が見える位置に移動した。

「亮さん、こんばんは。無理言ってすみませんね。どうしても、亮さんじゃないと情報を渡さないと、うだうだ言うもんですから」

カラフルな頭を掻きながらバーテンダーが、出て来た男にすがるような眼を向けた。

「尚志《ひさし》さん、そんなに畏まらないでくださいよ。その人相で優しくされたら、逆に怖いですから」

アルファードの後部席から、ライトブラウンのふんわりした髪型に端整な顔立ちの男が降りて来た。

黒のざっくりしたサマーセーターにギンガムチェックのワイドパンツを穿いている。有名タレントのオフショットといった風情だ。

「とんでもねぇ。俺ら、男はいくらでも泣かせられるけれど、相手が女じゃ、からっきし役に立たねぇ。須黒のオヤジが、どっかのPから頼まれたらしくって、さっさと処理したがっているもんで、ここは一発、亮さんに来てもらうしかなくて」

カラフル頭のバーテンダーが、何度も頭をさげている。

「幸子ちゃんでしょう。擽《くすぐ》るポイントは心得ていますから、何とかなると思います」

男は、そう言いながら『乱酔』の中に飛び込んでいった。

——幸子。

その名前が、胸にひっかかった。先ほどショーパブから出て来た新宿東署の交通課も幸っちゃんって呼ばれていたではないか。

あの女の下の名は幸子か。

芽衣子は、『乱酔』の入り口から離れ、スマホをタップし、新宿東署の交通課総務係の名簿にアクセスを試みる。車庫証明の発行は総務係の仕事だ。

アクセスには公安刑事だけが知る特別なコードを使った。

総務に幸子という名はひとりしか存在しなかった。

芦川《あしかわ》幸子。巡査長、平成二十八年（二〇一六年）入庁。

T体育大学運動文化学部卒。

入庁年と大卒であることから推定すると、年齢は二十七歳ぐらいか。その年齢であれば、先ほど見た彼女の可能性が高い。

すぐに芦川幸子の警察内の履歴も漁《あさ》った。これにも公安部特殊機動捜査課員だけが使えるパスワードを用いた。

芦川幸子は、一貫して新宿東署の交通総務畑であった。

違反切符の管理業務が長かったが、一年前から車庫証明発行窓口についている。それだけの内容しか見当たらなかった。捜査関係部門の経験はない。

総務系は、警察勤務の中でも土日がきちんと休める、比較的メリハリのきいた部門だ。裏を返せば一般ＯＬと大差ない生活ともいえる。

クラブ遊びに精を出しても、勤務に支障はないわけだ。

が、クラブ内で駄々をこねているというのは、どういうわけだ。何かの処理を依頼されているような会話も気になった。

どう手を打つべきか逡巡していると、握ったままのスマホが震えた。立花からの着信だった。すぐに出た。

「女王、何か地雷を踏みましたか」

藪から棒にそう言われた。

「どういうこと？」

「いや、『乱酔』の経営者は登記上、六本木でサパークラブをやっていた高橋《たかはし》という五十過ぎの男になっていますが、実質的なオーナーは小柳富雄《こやなぎとみお》です」

「紅蛇連合の幹部ね」

「そうです。小柳は総長でこそありませんが、紅蛇連合の最高幹部のひとりです。主に特殊詐欺の企画立案を担当している男です」

その名前なら、知っている。

紅蛇連合には警視庁が把握しているだけでも最高幹部が五人いる。そのうち三人が武闘派で、残りのふたりが頭脳派とされていた。

小柳は頭脳派のひとりで、武闘派である総長の林葉《はやしば》奏太郎《そうたろう》の懐刀《ふところがたな》となっているはずだ。

「その小柳と私を繋ぐ線がなにかあるのかしら?」

芽衣子は聞いた。

「小柳の側近たちが、ひと月ぐらい前から、新宿東署の刑事を嵌めてやると、六本木界隈の会員制バーで吹聴《ふいちょう》していたそうです。なんでも、芸能界筋からの要請だというんです……はい、六本木の同業者から取った情報ですから間違いありません。女王、何か思い当たることはありませんか」

立花が早口で伝えてきた。

どういうことだ?

芽衣子は、電話を耳に当てたまま首を捻った。

「私、いまはマルボウなので紅蛇にかかわらず、半グレ、準暴、極道、それぞれからそれ相応の恨みは買っているはず。けれど、マトにかけられている直接の原因はさっぱりわからないんだけど」

それが正直な思いだ。

「芸能界筋とわざわざ吹聴して歩いている、というのがキーワードですね。私ももう少し当たってみましょう」

「キング、お願いします」

電話を切った。

芸能界。

ぼんやりとその言葉を頭に浮かべながら、再び『乱酔』の玄関を見張った。怪しまれないように、百メートルほど離れた位置にまで下がった。さらに一時間ほど、待った。

午前二時。ついに『乱酔』の玄関から、リカが現れた。肉付きの良い身体に小豆色のタンクトップと黒のビニールレザーのショートパンツをぴったり張り付かせている。太腿の付け根ぎりぎりまでカットしてあるので、深いソファに腰を下ろしただけで、両脇からパンツが覗ける仕組みだ。

男に無防備を装うには恰好の手段だが、女同士ならそれを逆手に取る方法も知っている。

リカは、芽衣子には気づいていないようで、閻魔坂を下ってきた。外苑東通りを使わずに六本木通りへと抜ける道だ。

4

「でかい体で、幅とってんじゃないわよ。めちゃ邪魔ください」

芽衣子《めいこ》は、難癖をつけてリカに体当たりを食らわせた。

「痛てぇ、何しやがる」

肩に鉄板入りのプロテクターを装着してあったので、リカはあっさりとアスファルトに尻から落ちた。小豆色のタンクトップの左側のショルダーが破れて、肩がむき出しになる。

「あらら、おっぱい、はみ出ちゃいそう。それ自慢？」

からかいながら、リュックから一条鞭を取り出した。

「てめぇ、誰に喧嘩売ってるか分かってんのか」

リカがいきなり両手を広げ地面を叩き、身体を跳ね上げてきた。プロレスラーのような動きだ。それも素早い。

頭頂部が、芽衣子の顎に向かって突っ込んでくる。まともに食らったら顎が砕けそうだ。寸前でバックステップを踏んで躱す。

「うっ」

当たり所を失い、リカの身体が伸び切った。顔と顔が見合ったが、リカは、芽衣子を先週会った女とは全く気づいていない。

リカの足元に鞭を放った。

黒革の尖端が右の足首にくるくると巻き付いた。実にコントロールしやすい鞭だ。グリップをそのまま引く。

「うわぁぁ」

バランスを失ったリカの巨体が再び横転する。右肩から落ちた。

今度はその巨尻を蹴ってやる。

スニーカーの尖端にはやはり鉄板が埋め込まれているので、尻山に爪先《つまさき》が食い込んだ。

「あうっ」

ビニールレザーが引き攣《つ》れてショートパンツが股間に食い込んだ。ショートパンツの裾から女の貝肉がはみ出した。ノーパンのようだ。

「パンツぐらい穿きなよ。ゴリラ」

女の筋を浮かべた股間にさらにビシッと鞭を入れる。筋に食い込んだ。

「うぅううう」

激痛と甘美に同時に襲われたはずだ。縦に引いた。食い込んだ黒革が割れ目を摩擦した。

「はうっ」

リカが切なげに目を細めた。

「どすけべっ」

罵声を浴びせ、シュッと鞭を引き寄せる。

「てめぇ、ぶっ殺してやる」

リカが片眉を吊り上げ、半身を起こした。

巨軀のわりに敏捷である。格闘を学んでいることは、間違いなさそうだ。もっともその方が相手にしやすい。

「あんたの方こそ、真っ裸にして墓に埋めてやるよ」

挑発しながら、芽衣子は金網の破れ目から墓苑へと転がり込んだ。

「くそったれが。ぶっ殺したんじゃもったいない。マカオに売り飛ばしてやる」

しめた。

頭に血が上ったリカが墓苑の中へと追いかけてきた。

獲物を引き付けるために、通りからは見えない墓石の列の前まで走り込む。

「面白いわね。マカオのルートについても聞かせてもらうわ」

充分、引き付けたところで振り返った。

「えっ、お前何者だよ？」

リカが、片眉を吊り上げた。タンクトップのショルダーは千切れており、右乳が暴露していた。

「女王よ」

笑顔で答えてやる。

「はぁ？」

リカが呆れたように鼻を擦った。

「その体にいろいろ聞きたいんだけど」

鞭で通路の砂利を叩く。闇の中に細かな石が白く撥ね上がった。

「すっとぼけんじゃないよ。おまえも亮さんのグループに捨てられた素人《しろうと》だろ」

リカは、一度しゃがんで丸い大きな石を拾い上げた。どこかの墓の崩れた一部らしい。ちょうどリカの乳房ぐらいのサイズだった。

「亮さん？」

「うるせっ」

闇の中でリカが飛んだ。

巨象が両足をあげたように見えた。不敵な形相を浮かべ、襲いかかってきた。

「ちっ」

芽衣子は、鞭を回した。リカの足元を狙う。

が、リカはボクサーのようなステップで躱した。

「同じ手は食わないよ。伊達にダンスをやってない。その顔、ぐしゃぐしゃにしてやるよ。諦めがつくだろう」

リカの右拳が落ちてくる。

左横に飛び、ぎりぎり躱した。が、次の瞬間、軸足にしていた左足を払われた。

「くっ」

今度は芽衣子がバランスを崩すことになった。

砂利道に横転する。

咄嗟の判断で鞭を遠くへ放り投げる。

奪われたら、滅多打ちにあうが、五メートルほど先の背の高い墓石にまで飛ばした。

「ふん、拾わせようなんて、せこいこと考えても無駄よ。あたいには、道具なんて要らないんだから。くらえ！」

リカがくるりと背を向けたと思った刹那《せつな》、芽衣子の自慢の小顔の上に、後ろ向きに巨大な尻が降ってきた。

ヒップドロップだ。これは堪らない。

「ぐわっ」

顔面を象のような尻で潰される。視界と口が塞がれた。

幸いなことに、女の割れ目のあたりにずっぽり入り込んだために鼻梁は潰されずに済んでいる。

そのぶん、生臭い。

重くて動かない。ぎゅうぎゅうと押された。巨尻と砂利に挟まれた頭蓋骨が、ミシミシと音を立てている。

「潰れちまいなよ。何もかも忘れちまうさ」

さらに押してくる。窒息しそうだ。

辛うじて口で呼吸した。鼻の左右にショーパンからはみ出した小陰唇が当たっていた。

「くくくっ」

芽衣子は、渾身の力を込めて顎を上げた。

ぬるりとした粘膜が、唇に当たった。

（千切ってやる！）

胸底でそう叫び、芽衣子はリカの左の小陰唇に歯を立てた。思い切り前歯で噛んで引っ張った。

「いやぁああああ！」

突如、リカの尻が浮いた。それでも芽衣子は離さなかった。肉を咥えた狼のように、ぶるぶると顔を振る。小陰唇がぐわーんと伸びた。

「うぅうううう」

芽衣子は唸り声を上げた。

リカの動きがピタリと止まった。小陰唇を失うのは、女の印が一つ消えるようなものだ。さすがに固まるしかないようだ。

芽衣子はかまわず顔をさらに大きく振った。ビリリ。噛みながら押し倒す。

「いやぁあああ。私の花びらを、毟《むし》らないで！」

リカが背中から落ちながらも組んだ両掌を、思い切り芽衣子の腹部に叩き込んできた。

「あふっ」

胃液が上がる。さすがに口がぬるりと離れた。すぐに真横に回転して、リカよりも先に立ち上がる。

「ふん」

タンと地を蹴り、宙に上がった瞬間に右足を畳む。

膝頭をリカの顔面に向けながら落ちた。

ガツンとヒットした。鼻梁が折れた音を聞いた。

「あぁあああああ。痛いっ、痛いわよ！」

気絶した。顔に耳を近づけると、呼吸音はあった。

ちょっとやりすぎたようだった。

一呼吸置いて、芽衣子はリュックから麻縄を取り出す。リカを真後ろにあった墓石に括りつけた。タンクトップの片方のストラップが破れ、乳房がまろび出たままの様子は、十字架に磔《はりつけ》にされたキリストの像のようだ。

ＳＭクラブでは理想の磔スタイルとされているのがこれだ。喧嘩に負けたヤクザの耳のようなはみ出た小陰唇は半分千切れたままだった。

苔むした墓石には『上田家代々の墓』と刻まれている。

（磔用の柱に使ってしまって、ごめんなさい）

芽衣子は、リカを磔にした状態のままの上田家代々の墓に向かって合掌した。

黙禱《もくとう》を終えると我に返り、すぐにリュックを開けた。

尋問用の道具を取り出す。

メインは極太蠟燭と六条鞭だ。

まずはショーパンのクロッチを鋏で切った。

すぐに紅く爛《ただ》れた女の粘膜が現れた。閻魔坂の方のビルから差し込む明かりが、千切れた小陰唇と、複雑な筋を浮かび上がらせていた。

秘孔に、男の怒張よりも遥かに太い極太蠟燭を尾の方から差し込んでやる。ぐいとまん袋の底まで押し込んだ。

ピクリとリカが尻を振った。

そのまま、何度か抽送運動をしてやる。

「あぁ、なに、えっ」

墓石に磔にされ、身動きが取れなくなったリカの口から喘ぎが漏れ始めた。

「二時間ぐらい前、『乱酔』に警察の女が入ったでしょう。あの女はよく来るの？」

蠟燭の出し入れの速度を増しながら尋問する。ずんちゅ、ずんちゅと、真夜中の墓苑に卑猥な肉《にく》擦《ず》れの音が漂い始めた。

「ぁあっ、ふはっ。幸子ね。亮さん目当ての女よ。オーナーとしても警察の情報がとれるから優遇しているんだけど、最近ちょっと図に乗りすぎている。刺すならあの女をやっちまえばいいのに」

リカはまだ芽衣子のことを、男の奪い合いに負け、嫉妬《しっと》に狂った女と勘違いしているようだ。

その話に乗るのも悪くない。

「亮ちゃんを使ってまで、欲しい情報ってどんなことよ？」

「交通指導課の暴走族対策情報がメインだけど、あの女は、他の部門の捜査情報もいろいろ持ってくるんだよ。風俗店への手入れ情報とか、外国人就労者の資格捜査とかね、ガサ入れの前に持ってくるって……ねぇ、女王もやっぱ惚れた男に弱いの？」

リカは、太腿をもじもじと擦り合わせながら、口を割り始めた。

さして重要ではないどうでもよい質問と思ってくれたらしい。

「いちいちうるさいわね。なんであんな若い女に、そんな情報がとれるのよ」

嫉妬の口ぶりで訊いた。

「署内でやりまくっているのよ。亮ちゃんがお願いって言えば、たぶん幸子は何でもしちゃう。警察の男を落とすために、MDMA《エクスタシー》とかも使っているっしょ。女ひとり誑《たぶら》かしたら、たいていの組織は操れるって、バーテンダーの尚志さんが言っていたわよ」

リカが白状した。

芽衣子は愕然とした。警察署員が、半グレに手玉に取られているということだ。

――これはひょっとして。

芽衣子の脳裏に、ある中年刑事の顔が浮かぶ。

「ねぇ、亮と店の関係って、どうなっているの」

極太蠟燭をハイピッチで律動させる。

「あひゃ、ふはっ、んんんっ。知らないわよ、そんなこと……」

リカが眉間に皺を寄せ、きつく目を瞑《つむ》った。

絶頂が近づいているようだ。

芽衣子は、いきなり抽送を止めてやる。リカが息を飲み、目を開けた。

「ねぇ、あんたと美里で、亮を攫ってきてよ」

芽衣子は、要求を変えた。

「バカなこと言わないでよ。亮ちゃんを何者だと思ってるのよ」

リカの眼の縁が微かに震えた。

言って失敗したというように視線を宙に彷徨わせている。

「へぇ、何者なのよ」

芽衣子は六条鞭を取り出した。左手で極太蠟燭の根元を押さえ、右手に六条鞭を握った。

「そんなのヤバすぎて言えないよ。亮ちゃんのこと売ったら、私、紅蛇連合の全員にボコられる。悪いことは言わない、あんたも手を引いた方がいいよ」

リカの怯《おび》えようは尋常ではなかった。

ひょっとしたら、新宿東署の芦川幸子が誑《たら》し込まれているというのは、一例に過ぎないのではないか。

半グレ集団が、戦略的に国家機関に勤務する者たちをマトにかけていたとしたら、どうだ？

いずれ国が潰れることになる。芽衣子は公安刑事としての危機感に駆られた。

「ちっ」

芽衣子は、リカの顔に六条鞭を乱打した。

「うわっ、いやっ、やめてっ」

顔を左右に振っているが、鞭は雨のように降っていく。至近距離から放つ六条鞭は、現実の痛み以上に視覚的な恐怖感にとらわれる。

「知っていることは早く言った方がいいわ。そうじゃないと、顔中に真っ赤な裂け目が出来ちゃう。しかも再生不能」

さらに強く打った。リカの顔のあちこちにミミズ腫れが浮かび始めた。

「いやっ、やめてっ。亮ちゃんの父親は、凄い会社の偉いさんらしいよ。芸能界にも関係している。だから紅蛇連合の幹部やDプロの須黒さんも一目置いている」

リカが絞り出すような声で言った。

誰だそれは？

これは凄い事案に、ぶち当たったようだ。

「亮の苗字は？」

芽衣子は、六条鞭を離し極太蠟燭の根元を揺さぶった。鞭の後は飴だ。

「あっ、それはホントに知らないんだよ。誰も苗字で呼ばない。去年、亮ちゃんに苗字を聞いたモデルの女が、タコ殴りされて中東に売られたって」

リカはしっかりこちらを向いて言っていた。嘘をついていない目だ。

「わかった。あんたは、天国に行っていいよ」

極太蠟燭を猛烈に出し入れしてやった。

「ぁあぁあ」

リカが、すぐさま切羽詰まった声をあげた。芽衣子は止めを刺してやることにした。

空いている方の手の人差し指をそっと秘貝の合わせ目に忍ばせた。極太蠟燭の高速抽送を続けたままだ。

「あっ、あっ、あっ」

リカの声は確実に極限に向かって進んでいる。その一歩手前。芽衣子は、合わせ目の真下にある女の突起を摘まんでやった。

ぎゅっと潰す。

「あうっううううっ」

リカが獣じみた声をあげた。

額から一気に汗が流れ落ちてきた。そのまま、ガクリと頭を垂れた。昇《い》ったようだ。

リュックから白い布を取り出し、リカの首から下を覆うようにかけてやる。日が昇って誰かが見たら、幽霊だ。裏六本木には似合っている。

芽衣子は、金網を潜り閻魔坂に戻った。

裏道を通って六本木通りへと出た。

東京ミッドタウン側に渡る。

正面からちょうどパトカーが一台やって来た。

ヘッドライトが顔に照射される。さすがに、胸がきりりと痛んだ。運転席と助手席にいる二人の警官の顔は逆光になって影のようにしか見えなかった。向こう側からは芽衣子の顔がはっきり見えたはずだ。

午前三時。

ひとりリュックを背負って歩くジャージ姿の女。暇なら、職質をかけたくなるはずだ。

リュックの中身を検められ、道具について問われたらまずいのだが、芽衣子は腹を括って、まっすぐ歩いた。

パトカーはそのまま、通り過ぎた。

前部席に座っていたふたりの警官は、芽衣子に一瞥をくれたが、すぐに正面に視線を戻した。

地域課の巡回パトカーではなかったようだ。歩行者に興味を持たないところをみると交通課なのかもしれない。

芽衣子は振り返らずに、黙々と歩いた。

三河台《みかわだい》公園のベンチに腰を下ろし、スマホを取り出した。

アドレスを引いた。

【萩《はぎ》の月《つき》】

仙台銘菓ではない。

警視庁捜査一課の警部、萩原健《はぎわらけん》の符牒だ。本名は知らない。捜査一課に所属しているが、それ自体が潜入である。

潜伏中の公安員は、いかなる困難に陥ろうと本部と連絡を取ることができないことになっている。

公安部特殊機動捜査課自体が非公開部門なので、課長の名前すら明かされていない。課長を指す符牒は『小口《おぐち》』。

ただそれだけだ。

どこかから、小口の代理人がやって来て、一定の指示をしていく仕組みだ。ただし、唯一アドバイスを貰える相手がいる。

兄刑事《ブラザー》だ。

府中の警察学校で、公安刑事としての新たな訓練を受け、卒業した日に出迎えに来てくれた刑事。それが兄刑事になる。

萩原がその役であった。

芽衣子は【萩の月】をタップした。ラインだ。もちろん強固なセキュリティがかかっている。

【出前は、どこにお届けしましょう】

ヘルプの信号を送った。すぐに返事があった。

【河田町《かわだちょう》まで、三十分以内に】

ラインに暗号化された住所が付いていた。安全な場所を用意してもらえそうだ。

【急いで行きます】

【正面玄関で美人が待っている】

対応者のようだ。

【小口さんから特別な注文は】

【なにもない。つまり流れに乗れってことだ】

やはり公安の上層部も、何かを摑んでいるということだ。

【承知】

芽衣子は、タクシーを拾い、ラインにあった住所を伝えた。

第四章　疑惑

1

「おい、なんだって？　総務省の女性官僚が、真っ昼間にラブホでパンツを脱いでいたっていうのかよ」

渡邊は声を張り上げた。

昨日、赤坂のラブホから香織という名の女を尾行させた、芦田からの報告だった。

「いや、自分も、あれから女が地下鉄の霞《かすみ》が関《せき》で降り、中央合同庁舎二号館というビルに入ったのには驚きました。総務省と警察庁が主に入る庁舎です」

渡邊もスマホを耳に当てながら、パソコンで検索した。

中央合同庁舎は現在一号館から八号館まである。二号館は、地上二十一階地下四階の超高層ビルで旧内務省系の機関が多い。

「総務省の職員だという裏は取れたのか？」

庁舎に入っただけならば、出入りの業者ということもある。あるいは陳情か。

「そこに手間取りました。出て来るのをずっと待ったんですよ。あのあたりは張り込めるような場所がないんですが、真ん前の裁判所なら一般人がいてもおかしくなかったので」

芦田の声を聞きながら、渡邊は地図検索をした。なるほど桜田《さくらだ》通りを挟んで、東京地裁と合同庁舎二号館は向き合っている。

「夕方六時、あの女、出て来たんですよ。同僚と思しき男とふたりでした。桜田通りを虎《とら》ノ門《もん》側に歩いて、農林水産省の食堂に入ったんですよ。晩飯ですね。で、そこって、一般人も入れるんです。いや農水省っすから、米とか焼き魚とか、うまかったっす」

「余計な情報はいい。お前が何を食おうが知ったこっちゃない。それであの女は総務省の何者なんだ？」

「松平《まつだいら》香織。彼女は、総務省情報流通行政局の衛星・地域放送課の企画官ですよ。首からぶらさげていたＩＤカードにそう書いてありました。そのとき同僚との会話で、帰宅は終電間際になると聞き込んだので、自分もいったんカフェで時間を潰し午後十一時頃に出直すと、まさに彼女が帰宅するところでした。尾行すると勝鬨橋《かちどきばし》のタワーマンションにひとり暮らしですよ。今日は一日、そっちで聞き込みをしました。風俗嬢と違って、案外簡単に割れましたよ」

芦田は、朗らかな声で言っている。

「風俗嬢と違う？　どういうことだ」

渡邊は、そこに興味を持った。そもそも芦田は風俗誌専門のライターだ。

「風俗嬢は、周囲に一切本当の事を喋らない。けれど若手女性官僚ともなれば、近所の人にも自慢せずにいられないんでしょうね。マンションの近くの美容室とかスポーツジムであらかた素性を語ってました」

なるほど聞き込み先としては、的を射ている。

美容室やジムは何となく自分のことを語ってしまう場所だ。

どうせ芦田のことだ、一流紙の記者を名乗って『ここらへんに将来政治家を目指しそうな若手女性官僚はいないか』とか聞き込んだに違いない。

芦田が続けた。

「松平香織は、W大の大学院の修士課程卒業後、公務員総合職に受かって総務省に入ったのが、二〇一二年です。九年前ですね。修士課程なので二十四歳で卒業とすると、今年三十三歳となります。でね、親と思える名前がちょっと微妙なんですよ」

「どういうこった？　もったいつけずに言えよ」

渡邊はせかした。

「法務局で彼女の住む物件の登記簿を閲覧しました。購入したのは三年前。共同名義で父親らしき名前が入っています」

登記簿の閲覧——記者がよく使う手だ。

住民票や戸籍謄本は、本人からの委任状がない限り、まず入手することは出来ないが、土地建物登記簿謄本は、誰でも閲覧できる。案外この中に個人情報が詰まっているものだ。

「先を言えよ」

「松平吉保《まつだいらよしやす》なんですよ」

「なんだと？」

「はい、松平吉保。そうそういる名前じゃないでしょう」

それは現職の外務大臣の姓名と一致する。

「間違いないのか」

「手元に写しがありますから、事務所の方へ送っておきますよ」

「それは助かる。すまんが彼女が飲み歩いてる先や交友関係。そこら辺も調べてくれないか。もちろん追加費用は弾む」

ホストのような男と遊んでいた総務官僚。その女の父親が現職閣僚となれば、これはかなり面白い情報だ。

「わかりました。歌舞伎町や六本木だったりしたら、俺の範疇《テリトリー》です。いろいろ聞き出せますよ」

芦田との会話を終えると、渡邊はただちに、香織の父、松平吉保の経歴を検索した。政治家とあって資料はヤマのように出てきた。ありすぎて、ことの本質を見極めるのに手間取りそうだ。

そして、昨日の午後、香織が亮に吐いたセリフを思い出す。

『名簿はコピーしてきたわよ。接待するならこのメンバーね』

そんなことを言っていた。

ならばあの亮という男の狙いは、どっちにある？

総務省か？　外務省か？　それとも両方か？

渡邊は眉間を摘まみ、きつく揉んだ。

昨日、赤坂のラブホから出た亮が、タクシーで向かった先は、西麻布の会員制バー『ジョニー』だ。

芸能界でもよく知られたバーだが、渡邊は足を踏み入れたことがなかった。半グレ集団『紅蛇連合』の巣窟になっている店で、これまでいくつもの事件の現場になっているバーだった。

たとえば泥酔したプロ野球選手が大暴れして、半グレを潰してしまいそのオトシマエのために、野球賭博にかかわったとか、逆に伝統芸能の名家の御曹司が半グレに顔面が陥没するほど殴られ、再起不能になったりだとか、とかくそんな話題ばかりが付きまとう店だった。

いずれにせよ、西麻布界隈の会員制バーといえば『大人の隠れ処《かくが》』とか『セレブが集う』といったイメージで語られがちだが、実態は半グレの幹部が店の運営に絡んで、新興芸能プロの無名タレントがアルバイトしているケースが多い。収入の少ない新人女性タレントは、徐々に枕営業をするようになる。本人の意志なので犯罪ではない。だが、そういう場所がごく自然にセットアップされているということが、枕営業の温床となっている。

その代表的な店である『ジョニー』に戻って行った亮は、いかにも胡散臭《うさん》かった。

こいつは芸能界が深く関わっているのではないか。渡邊は自身も本格的に取材をすることにした。

まずは、馴染みの芸能プロ経営者にアポを入れた。今夜、六本木の焼き肉店で会食することにする。比較的口の軽い男を選んだつもりだ。

夕方まで、市谷の自宅でひと眠りすることにした。瞬間的に爆睡できるのが、自分のトップ屋としての才能だと思っている。

短くても深い眠りは、疲労を取り脳をスッキリさせるものだ。

空が藍色に染まる頃、眠りから覚めた。出かける前に、マンションのメールボックスを開けると、いくつかの封筒が入っていた。携帯電話会社からの請求書のようだった。五通ほどある。

スマホは何本も持っているが、いずれも銀行口座決済にしており、明細はメールで入ってくる仕組みになっている。渡邊は、怪訝に思った。

すぐに開封した。

「なんだと!」

最初に目に飛び込んできた金額を見て、思わず声を張り上げた。

請求額は百二十八万五千円。詳細を見るといずれも国際ローミングサービス利用とある。

蒼ざめて他の請求書も次々に封を切った。

いずれも百万円を超える請求額だった。六台分で七百万円近い金額になっている。

渡邊は直ちに電話会社に問い合わせた。

「はい渡邊裕二様ですね。上海やマカオでご利用になっていると記録されておりますが」

応対に出た担当者は、淡々とした声で答えてくる。

「俺は、そんなところに行っていない。架空請求じゃないのか」

頭に血が上っていた。いま電話している相手は日本を代表する電話会社だ。さすがに架空請求をすることはありえない。

「と申されましても、渡邊裕二様、ご本人確認の上で契約させていただいておりますので、たとえばどなたかにお貸ししたとしても、支払いの義務は生じます」

応対した相手も混乱していた。

渡邊は電話を切った。

思い出すことがある。

『メーラーズ・ダム』だ。最初に登録した際に運転免許証の写メを送らされた。

——あれだ。

まさかこうした形で返ってくるとは、想像していなかった。

運転免許証を元に彼らは、実際にスマートフォンを五台申し込み、それが、ただしく渡邊の住所に届けられて来ていたのだ。購入方法は不明だが、運転免許証の実物呈示ではないので、おそらくオンライン購入だろう。

そして、転送させた。

販売会社は運転免許と同じ住所に送るので不審には思わない。

電話は海外に運ばれ、特殊詐欺やアンダーグラウンドビジネスのやり取りに使われたと思えば、納得できる。

——踏み倒すしかない。

渡邊は胸底で平然とそう呟いた。

奪われたスマホはいまこの時点でも使用され続けているだろう。利用停止措置をとる手もあったが、渡邊はあえて放置する道を選んだ。

奪った相手に、まだ気がつかれていないと思わせたい。

振込用紙の支払期日まではまだ十日あった。そこで支払い確認がないと督促状が来る。さらにそれを払わないことによってはじめて利用停止となる。

当面は時間を稼げる。

電話会社には悪いが料金は踏み倒させてもらう。

督促状は、何度も来るだろう。差押え状も来るだろう。ずいぶん先の話だ。それまでに、弁護士に依頼しておく。裁判所に上申書を書くのは得意だ。

和解、調停、本訴、先は長い。

この間、過失を認めず、被害者を装い続けるのだ。証拠はいくつも撮影してある。

さてどうなるか。

巨大資本である電話会社の方が諦めてくれることを祈る。

最後に転送したバイブレーターはなんだったのだろう？

むしろそこだけが気になった。

気を取り直して、六本木の焼き肉店を目指して、タクシーを拾った。

2

芸能プロ『ブラック』の社長、杉田明正《すぎたあきまさ》は、すでに着席していた。六本木通りからほど近い、大衆的な焼き肉店の個室だった。

「先に生ビールをやらせてもらっている」

杉田は口に泡を付けたまま、アクリルボードの向こう側で、片手を上げてみせた。半グレと繋がっている男で、渡邊の情報網のひとりだ。二コ下の五十五歳。

渡邊もすぐに席に着き、アクリル板をテーブルの片隅に退《ど》けた。

「刑務所《ムショ》の面会室じゃねぇんだ。こんなものを挟んで飯が食えるかよ」

おしぼりを取り、額の汗を拭う。

「まったくで。あっちの方が会話用の穴が開いて便利ですな」

杉田が笑った。面会室の事情を知る者同士の会話である。「ザ・芸能界」で働く者は、面会経験者が多い。

「忙しいところすまんな。特上カルビからいくか」

渡邊は、個室の壁に掛けてある注文用受話器をあげ、生ビールと料理を適当に頼んだ。

「ちっとも忙しくないですよ。須黒社長も腹を括ってます。芸能界が元通りに動き出せるのは、せいぜい二〇二二年の後半ぐらいからだろうと。それもこれ以上、新しい変異株が増えないという前提でですよ」

「そっちの小平瑠理子《おだいらるりこ》、連日バラエティに出ているじゃないか。最近では夕方のワイドショーでコメンテーターみたいなことまでやらせている。たいしたもんだな」

渡邊はおだてた。小平瑠理子は、杉田が抱える唯一のスター級タレントだ。

「いや、テレビにいくら出しても出演料《ギャラ》はたかが知れています。年内に回収出来る見込みはまったく立っていません」

芸能プロが、投じた資金を回収する最大の方法は、営業《イベント》とCM出演料だ。コロナ禍ではそのふたつが立ち往生してしまっているのだ。

感染拡大を防ぐために、ライブやトークショーはことごとく延期や中止になり、自粛ムードの中で企業はあらたなCM制作を手控えている。

芸能界にとっては受難の日々が続くわけだ。

特上カルビに舌鼓を打ち、ひととおり世間話を終えたところで、渡邊は切り出した。

「この男について何か知らんかね」

取り出したスマホを掲げ、画像を見せた。昨日、隠し撮りした亮の横顔である。

覗き込んだ杉田の眼が一瞬強張ったのを、渡邊は見逃さなかった。

「いや、知らんな。いい男だな。どこで撮った？」

――惚《とぼ》けている。

そう直感した。

どこで撮ったかと聞いているのは、その情報が欲しいからでしかない。

「惚けるな」

渡邊は杉田を睨みつけた。

「ナベさん、藪から棒になんだよ。見たこともない奴だよ」

「その受け答えが何よりの証拠だよ。いま、おまえひとめ見ただけで拒絶しただろう。ふつうは、もっとまじまじと覗き込むものだ」

記者の観察力と質問は、よく刑事の取り調べに似ているといわれる。わずかの表情の動きで、インタビュー対象者の心境を推察し、言葉に隠れた真実を推し量ろうとする。確かに刑事に似ている。

実際、芸能人は嘘をつくのが上手い。インタビューのたびに経歴や過去の武勇伝が変わるなどザラにある。彼らにとってはインタビューもまたエンターテインメントのひとつなのである。

そしてそこを見破るのも芸能記者の腕だ。見破ったうえで、オフレコにする。そうしないと、まんまと都合の良いことだけを書かされることになる。

芸能界の裏方も、本音はなかなか話さない。虚構を売るのが商売とあって、大ぼら吹きの天才ばかりが集まっている。

「いやいや、ナベさんには、いままでも本音しか言っていないつもりですよ」

杉田が、ナプキンで唇を拭った。それ自体が嘘だ。

「小平瑠理子ちゃん、五年前に西麻布の『ジョニー』でバイトしていたんだって。雷通のある部長が言っていた」

ブラフをかましてやった。杉田は六本木や西麻布界隈の会員制バーに枕営業用のタレントを回していることでも有名な男だった。

「いや、瑠理子に関してはない」

うっかり本音を吐いてくれた。

「しかし、噂が立つのもまずいご時世だ。瑠理子ちゃんがシロでも、その所属事務所が、売れていないタレントを枕営業要員にしていることが表沙汰になったら、瑠理子ちゃんにつく企業もなくなるよなぁ」

渡邊は、ジョッキに残っていたビールを一気飲みした。

「ナベさん、圧《プレス》をかけてくる気ですか」

「そんなつもりはない」

渡邊はニヤリと笑ってみせた。

「うちらの業界は、表と裏が一体化しているんですよ。あまり裏を見ないで欲しい」

杉田の眼に、昏《くら》い光が浮かんだ。所詮は表裏一体の世界にいる男の眼だ。

「芸能界と半グレの関係は、いまや素人でも知っている話だ」

芸能界と闇社会は切っても切れない関係にある。親戚筋のようなものと呼んだ方が早い。

——むしろ切ってはならない。

そう、渡邊は考えている。三十年、芸能界を取材してきた結論である。

芸能人は、スポーツ選手でも政治家でも学者でもない。勘違いされがちだが、芸術家でもない。

無名から有名になることを目的化し、有名であることで稼ぐ商売である。

スポーツ選手、学者、作家、政治家は、本来別の目的に精進《しょうじん》した結果有名になるのに対して、芸能人は、まず有名になることから始めなくてはならない。

歌に命を賭けます。演技の真髄を見極めたい。

それらの言葉はすべて方便であり、後付けであることの方が多い。

欲しいのは喝采だ。

そして、運の良い人だけが有名になれる。歌唱力、演技力は、二の次である。技術が上の人が売れる世界ではない。

運の良い人が売れるのである。

そうして有名になった芸能人を誰が守ってくれるのかが問題となる。

イカレた素人や横柄《おうへい》極まるマスコミ人からタレントを守るには、時に暴力という背景が必要になる。

怖くなければ、誰もが有名人を利用したがるからだ。

かつては任侠界、いまは半グレと呼ばれる暴力集団が、その役割を担っている。

ギブアンドテイクで、芸能界も承知で彼らの店に手を貸していた。

やはりスターが出入りする店は人気の的となり、読者モデル程度の無名タレントでも、事務所に所属するタレントであれば箔が付く。

「それでも否定するのが王道です。まさかナベさんから圧を受けるとは思いませんでしたね」

杉田が、きっぱり言った。

「俺は業界のルールを守って生きている。いままでに、一度たりとも芸能界が不利になる記事は書いていない。ただ、知りたいことを訊いているだけだ。杉ちゃんの方が水臭くないか」

渡邊はさらに睨みつけた。

「この男が、何かしたんすか？」

杉田もまだ粘っている。

「どんな奴か知りたいだけだ。芸能界には無関係な話だ。こいつがどこかのホストじゃないか、と思ってね」

じっと杉田の眼を見やった。

杉田も視線を外さない。

しばらく沈黙が続いた。

「芸能界とは無関係って、笑っちゃう話ですね」

杉田が突然、破顔した。話してくれる気になったようだ。

「ほう」

「それ夏目《なつめ》亮です」

「源氏名か」

渡邊は、前のめりになった。

その先を言おうとする杉田を制して、注文用の電話を取った。

「抹茶とバニラと柚子だが、どれがいい」

「俺は、柚子で」

話の腰を折られた杉田が、頭を掻きながら言う。柚子と抹茶のアイスを頼んだ。

「続けてくれ」

「そこに写っているのは、女優の夏目茉奈《まな》の息子ですよ。業界でも知っている人間は少ないと思います。亮も母親のことは一切口に出さずフリーホストとして働いているんです。もちろんバックにはうちのオヤジがついていますが」

オヤジとはDプロの須黒龍男のことだ。

夏目茉奈は、そのDプロの所属第一号タレントであった。当時は歌がメインであったが、二十五年ぐらい前に女優に絞って活動している。

渡邊にインタビューの経験はなかった。だが、プロフィールぐらいは頭に入っている。今年で五十歳。女子大生だった頃、シンガーソングライターとしてデビューしている。当時は十八歳。すでに芸歴三十年を超えるベテランである。そして特筆すべき事項があった。

「夏目茉奈はシングルマザーだよな。しかも、いまだに相手の男の名前を明かしていない」

渡邉は杉田の顔色を窺うように聞いた。

杉田は頷いた。

「亮があれだけのルックスとセンスを持っているにもかかわらず、表舞台に立とうとしないのは、そのことを掘り下げられるのを嫌っているからとも言われています。うちのオヤジが亮に肩入れしているのも、たぶん相手の男のことを知っているからでしょう」

渡邉はじっと杉田の眼を見た。

こいつ自体は、本当に夏目茉奈の相手については知らないようだ。質問を変えた。

「ホスト業をしながら、亮はなにか調査のようなこともやっているようだが」

昨日の総務省の女とのやり取りを思い出しながら訊いた。

杉田は特に動揺した様子を見せなかったが、腕を組んだ。ちょうどアイスクリームが運ばれてきた。

「そこでしたか。ナベさん、エラいところを突いてきましたね」

柚子アイスをスプーンで掬《すく》いながら、渡邉の質問の意図を理解したとばかりに微笑を浮かべた。

「驚かないところを見ると、事情を知っているようだな」

「しょうがない。一般マスコミに嗅ぎつかれる前に、ナベさんの耳に入れておいた方がよさそうだ。オヤジには絶対に言わないって誓ってくれますか。俺もまだ二十年はこの世界で飯を食いたいんで」

「俺はネタ元を裏切ったことはない。そして、須黒社長とは一定の距離を保っている。誓ってやるよ」

和して同ぜず。

須黒との関係は、そう決めていた。

距離を縮められたら恩恵にもあずかれるが、食われてしまう可能性もある。須黒龍男とは、そうした人物だ。

どっぷり組むには、貫禄が違いすぎる。

「須黒さんは、いずれDプロの跡目を、夏目亮に譲る気なんですよ」

杉田がきっぱり言った。

「なんだと？」

これは、特ダネだ。

「オヤジの長男は画家になってパリで暮らしています。芸能プロを継ぐようなタイプじゃないですよ。亮に任せる気で、いろいろ仕込んでいるんです。Dプロもいまのままのやり方では、オヤジの一代きりの事務所になってしまいます。そこでいろいろ画策しているのは間違いありません」

「たしかに」

渡邊は抹茶のアイスを掬った。

最近は、芸能プロも総合エンターテインメント企業として、商社や広告代理店のような領域の仕事にまで手を伸ばすようになった。

渡邊が記者になりたてだった約三十年前は、日本の芸能プロはいずれも個人商店の域を出ない会社ばかりであった。

大手と呼ばれるプロでも、社名には経営者の名がついているのが大半である。そしてほとんどが横並びで、紅白出場や賞レースに血道《ちみち》を上げていたものだ。

当時は、自分と同じ苗字のプロダクションが業界最大手の会社であった。

二〇〇〇年代に入ると業界の構造が大きく変化した。

上場した芸能プロは、多角経営に乗り出し、レコード会社の寡占化が始まった。

平成の始まりまではシェアを十パーセント取れるレコード会社は少なく、数パーセントずつシェアしながら、二十社ほどがひしめいていたのが音楽業界であった。

それが今ではほぼ三社がシェアを独占し、他の社はジャンルの特化が進んでいる。

独占する三社は社名の頭文字からUSAと呼ばれている。

また、コンサートビジネスも様変わりした。

かつては収容人員一万人の日本武道館で公演することが、アーティストのステイタスと呼ばれたものだが、いまでは、五万人の東京ドームを何日埋められるのかに変わっている。

全国五か所《キャパ》のドームスタジアムでツアーを組むアイドルも珍しくはなくなった。

芸能界はいまや総合エンターテインメント産業となっているわけだ。

そうした中で、Dプロとその系列だけが、古色蒼然とした昭和の芸能プロの形態を残している。

ひとりの首領《ドン》を中心にした系列個人会社の互助会形式である。

それは、極道組織とよく似ている。

Dプロが本家で、創業当時から提携している直参《じきさん》的な老舗プロがあり、さらにその下に資本関係の少ない三次団体的な新興プロが連なっているのである。

「うちも含めて、互助会としては助かるんですよ。オヤジに渡した上納金で、スター不在の事務所も分配に与かれる。うちだって、いつそうなるかわからないんですから、持ちつ持たれつですよ。五十社近い系列のうち五社が当たっていれば、残りも何とかなる仕組みです」

杉田が、自分を納得させるように言った。

人気稼業の芸能界。栄枯盛衰のサイクルはひと際早い。しかも当たるのは、ほとんど運である。

ルーレットのテーブルには出来るだけ多くのチップを撒いた方が確率が高い。

誰かが当たればいいのだ。

杉田が続けた。

「けれども、それも須黒龍男というカリスマが存在して成り立つシステムですよ。オヤジがいなくなったら、いくら亮が目端が利いても、謀反は起こる。そこが、育成から始めているジャッキーズ事務所と違うところなんです。うちのグループはどちらかと言えばエージェントスタイルですから」

男性アイドル専門のジャッキーズ事務所は、小学生の子供時分からジュニアとして、徹底的に訓練するスタイルで成長させてきた。いわば劇団スタイルだ。

創業者が編み出した演出手法は、ひとつの秘伝であり、継承者へと引き継がれている。

対してDプロ陣営は、ディベロップメントに関しては積極的ではない。売れてきたタレントを系列に移籍させるか、あるいはその事務所に投資して系列下にしてしまうというやり方だ。

それがなせるのは、Dプロが地上波テレビに出演させる権益を握っているからに他ならない。入り口ではなく、無名から有名になるための最大の出口を握っているということだ。

権益といっても正式に何らかの契約があるわけではない。須黒の顔がすべてである。それだけ須黒に金玉を握られているプロデューサーが多いということで、その要因といえば、再び西麻布の会員制バーに戻ることになる。

最近は女性プロデューサーも多いので、男性アイドルの枕ホスト化も進んでいる。

実にプリミティブなシステムだ。

「だが、地上波テレビの影響力も徐々に衰えている。視聴率の取り方が世帯単位から個人単位に変わったことで、テレビは高齢者層しか見ていないことが歴然となった」

「そうなんですよ。いずれスポンサー離れが進むでしょうね」

杉田が遠くを見るような眼をした。

「とはいえ、ネット広告も細分化しすぎていて、企業としてはどう訴求していいやら悩んでいる。大手代理店の視聴調査結果もあまり信用していないのが実情だ」

ネット広告の効果は、テレビの視聴率のように独立した調査会社がないため、はかりづらい。

「ネット広告は、代理店の報告を鵜呑みにするしかないですからね。あの最大手の雷通ですら、スポット回数を間引きしていたことが発覚してますから」

杉田が肩を竦めた。柚子アイスクリームを食べ終えていた。

「そうだな。免許事業のテレビ局なら、クライアントに対して必ず放送確認書を発行するが、ネットはその辺も曖昧だ」

そこまで言って渡邊は、頭蓋の裏側にある種の疼《うず》きを感じた。

免許事業だ。

総務省情報流通行政局の衛星放送課。その企画官が亮に、接待すべき名簿を渡していた。

(Dプロは、自ら放送局でもやろうというのか)

その言葉を吐きたくなる衝動を、渡邊は必死で堪えた。

杉田に伝えたら、筒抜けになる。

タレントを売り出すことに直結する番組を独占的に流すCS局の免許を取得する。そう考えると腑に落ちてくるのだ。

「ナベさん、何を考え込んでいる?」

杉田がじっとこちらの眼を覗き込んでいた。

「いやいや、まったく別なことだ。昨日、東洋テレビの『欲望記者』のオーディションがあったんだってな」

「なんですかまた唐突に。ええ、うちからもふたり受けさせましたよ。端役《はやく》ですけどね。ホントはひとりだけだったんですが、オヤジの行政で、枕要員の女もひとり、うちの枠から送ったら、なんとそいつが通ってしまいました。審査に来たアシスタントプロデューサーが、彼女とやったことがあったみたいですね。まったくオヤジの情報収集力はたいしたもんですよ。据え膳を食った男が審査員になるってことをきちんと調べ上げていたんですからね」

杉田がベラベラと歌った。

「そうなんだ。たいしたもんだ。いや、東洋テレビから提灯記事を書いて欲しいと頼まれていたんだが、さしてネタもないんで、新しい出演者についてでも書こうと思ってな。資料をくれたら、その子のことを書くよ」

渡邊は夕刊紙、スポーツ紙、週刊誌にレギュラー枠を持っている。そこに時折提灯記事を入れることで、業界とうまく付き合っていた。

「ありがたいことで。比沢美里っていう子です。Dの系列モデル事務所の子ですが、女優ってことで、うちから送り込みました。資料は明日にもメールで送ります」

杉田は、これをサービスと受け取ってくれたようだ。

「サンキュー助かるよ。三紙ぐらいに書き分けておくよ」

そう笑ったものの、渡邊の脳は、すでに総務省の松平香織との接触方法を考えていた。

3

芽衣子は河田町の大学病院にいた。思ってもみなかった隠れ処だった。たしかに萩原の言う通り、美人の看護師が迎えてくれた。家内康子《いえうちやすこ》。人懐こい笑顔を浮かべて、病棟に案内してくれた。

かなりグレードの高い個室であったが、電波をまるで通さないので、スマホは使いようがなかった。

「ハギーさんから伝言です」

点滴の用具を引きながらやって来た。

つまりこの家内康子も公安の潜伏刑事である可能性が高い。見た目は人懐こい中年女性だ。

「いつまで、ここで静養しろというんでしょうね」

芽衣子はリクライニングベッドの上半身を起こしながら訊いた。伝言はすべて紙で来る。

「院内でお仕事をしてください、ということみたいですよ。はいこれ」

茶封筒を渡された。賄賂《わいろ》でも入っているようなぶ厚い封筒だ。ずしりと重みもある。

康子が栄養剤の入った点滴袋の針を刺してくれる。注射のプロのようで、チクリともしなかった。

「どれどれ」

芽衣子は封筒を検めた。本当に札束が出てきた。帯封に「お見舞い」とある。二束。二百万円だ。つまり工作資金ということだ。

手紙が付いていた。

『梶裕子《かじゆうこ》様

大変ご無沙汰しております。

打撲とのこと、お見舞い申し上げます。

治療費の足しにしていただければと思い、些少ですが見舞い金を包ませていただきました。

パスポート、健康保険証、運転免許証なども、紛失したとのことですので、関係当局に働きかけ再発行しました。どうぞお検めください。

担当看護師に病棟の案内をしていただくとよいでしょう。退屈な病院生活の中で、あらたな交友関係が広がると思います。

外務省アジア局中国課　特別補佐官　萩原　健』

いつの間にか、氏名が梶裕子に変更されていた。

「家内さん、まさか、私の顔を勝手に変えていないでしょうね！　鏡を取ってください」

芽衣子はあわてて点滴の針を外した。

「いや、メスは入れてないわよ。間もなく表参道からメイクさんが来るって」

康子の口調が変わった。階級はたぶん上ということだ。手鏡を渡された。

ほっとした。顔は紗倉芽衣子のままだった。

「安心したら、手紙は返してちょうだい。それ、水溶紙だからトイレに流しちゃうわ」

康子に促され、手紙だけ返した。現金入りの封筒は、枕の後ろに隠す。

「ハギーさん、いまは外務省出向なんですね」

芽衣子は上司に言う調子で聞いた。康子が片眉を吊り上げる。

「そう。中国課《チャイナスクール》の中に、マフィアに操られているのがいるようなの。恐喝の捜査名目で出向している」

耳元でそう囁かれた。外務省の裏捜査だ。

「この病棟で友達をつくれと」

「山内由貴子《やまうちゆきこ》という女性が、このフロアに入院しています」

「何者ですか？」

訊くと康子は、ベッドの脇に椅子を持ってきて座った。

「外務省総務部の広報官よ。それも大臣担当。私と同じ四十二歳で、独身なのよ」

康子はさりげなく情報を足してくれている。

「まぁ。その人がなぜ？」

「ホストに嵌って、半グレに脅されていたみたい。酒にめっぽう強い女のようだけど、気がつけば酒ではなくシャブを盛られていたようよ。それで大臣のスケジュールや中国課内の機密文書をコピーしろと脅されていたと。三度ほど、対中政策会議の議事録をコピーして持ち出したようだけど、徐々にレベルの高い情報を求められて怖くなり、拒否した」

ふと芽衣子は、男を求めてクラブに意気揚々と入って行く新宿東署車庫証明発行係の芦川幸子のことを思い出していた。

「そしたら、役所にハメ撮りの写真が送られてきたんですね」

康子が頷き、トイレに立った。

悪党のやり口は、古今東西を問わずだいたい同じだ。十年前まではハニートラップといえば、官民問わず男に仕掛けるのが常道だったが、ここ数年は女が狙われている。

女性管理職やキャリア官僚がそれなりに増えたことと、それに比例して女もスケべである本性を剝き出しにするようになったからだ。

トイレで萩原からの手紙を流してきた康子が、椅子に座り直し、点滴の針を刺し直してくれた。栄養剤の袋はまだ二十パーセントも減っていない。

「山内由貴子に接近して、流した機密の実態を聞いて欲しいの。国家公務員法の守秘義務違反に相当するのだけれど、マスコミにばれたくないのよ。だから、引っ張らない。捜査一課や組対五課は、半グレの方を挙げるつもりだけど、それじゃその裏で操っているラインは見えてこないわ」

康子が具体的な指令を出してきた。

当然といえば当然だが、半グレの背後に他国の工作員がいるということだ。

「それに、相手が何をしようとしているのか見極めたいですよね」

芽衣子は答えた。

公務員が狙われている。新宿東署の交通課のレベルから外務省の広報官まで幅が広い。他にもいるはずだ。

「そこよね。当面、中国の機関が何を仕掛けようとしているのか。いまさら大掛かりなテロはない。じわりじわりとこの国の内部崩壊を狙っているはずなんだけど、その仕掛けがわからない」

「わかりました。私が直撃に出ます」

康子はおそらく、この大学病院に植え付けられた公安のスリーパーだ。看護大学時代にすでにスカウトされていたはずだ。以後二十年以上、この病院で情報収集活動を担っているのだろう。

スリーパーは、諜報界用語で「草の根」という意味だ。その職場、その地域に根付かせ、その範囲内の情報収集を行う者たちだ。

逆に一歩踏み込むことはしない。怪しまれては元も子もないからだ。

芽衣子は新宿東署にスリーパーとして植え込まれたが、バレたということかも知れない。したがって、身分を変えられる。

康子が、点滴のパックを一旦外した。代わりに針から延びた管に注射器を差し込んでくる。

「えっ」

「サイレースよ。二時間ぐらい、ぐっすり休みなさい」

「やっぱ、私、顔を変えられちゃうんですね」

芽衣子は珍しく切なげな声をあげた。

「うん。新宿東署へのスリーパー太田麻沙美は、永遠に失踪ってことにしなきゃならないみたい。万に一つでも、怪しまれたら危険ということ。なんたって、相手は警察だからね」

すぐに眠くなった。

今度の役柄は、どんなものになるのだろう？

想像している間に、落ちた。

4

西麻布の交差点だった。

渡邊裕二は、黒のメルセデスＳ４５０が動き出すと同時に、ビッグスクーターのアクセルを回した。

一週間、ずっと観察していた。

取材は、対象の行動確認から始める。よく刑事と間違えられるのは、そのせいだ。

メルセデスの後部シートに深々と身体を沈めているのは、芸能界の首領、デラックスプロの須黒龍男だ。

——通称ＤプロのＳ社長。

数分前に、すぐ近くの会員制バー『ジョニー』から出てきたところだった。車は六本木通りを霞が関方面へと進んでいる。

午前二時。六本木は、これからがクライマックスに入る時間だが、須黒が動く時間としては珍しい。

芸能界にあって、須黒の早寝早起きは有名だ。

『夜遅くまで仕事をしたがる人は、だいたい仕事が出来ない』

これが口癖だという。

午後十一時就寝、午前五時起床。早朝の散歩は欠かさない。七時には、北青山《きたあおやま》の高層マンションから、赤坂の有名ホテルへ朝食に出かける。それが日課だった。

ホテルは国会議事堂のすぐ近くで、厳密にいえば永田町《ながたちょう》のホテルである。須黒はここでさりげなく政界関係者と顔を繋いでいた。

午前九時には、元赤坂にあるオフィスに出社する。社員が出てくるのは十一時だ。日中はほとんど社内で執務しているようで、外出はほとんどない。ただし、訪問客は多い。昼過ぎから夕方までひっきりなしに客がやって来る。

系列と思える零細芸能プロの経営者やテレビ局プロデューサー。はたまた、提灯記事を書いている芸能誌や新聞社の芸能記者。記者は、主に日本音楽大賞の審査員をしている者が多かった。渡邊が知っている顔も多くあった。

それが須黒の行動パターンだった。

――まるで議員会館で陳情を捌《さば》く大物代議士のようだ。

印象としてはそんな感じであった。

夕方からは、たいがい馴染みの店で会食となる。会食の場は赤坂、六本木界隈の中華料理店かしゃぶしゃぶ店が多かった。政治家も利用するような店ばかりだ。

会食相手は、テレビ局関係者がほとんどだった。番組の利権を握り続けるためには、接待が欠かせないのだろう。

須黒は酒をやらないことでも知られているが、二次会ではたいてい銀座《ぎんざ》のクラブに繰り出す。

七丁目、八丁目に須黒は馴染みの店を数軒抱えている。いずれも超の付く高級クラブだ。

だが、滞在時間は三十分ほどだ。それもひとりで出てくる。

会計だけを済ませて、後はよろしく遊べ、ということだ。午後九時には帰宅する。

だが、今夜は動きが違っていた。

まず会食の相手が、業界人風ではなかった。目つきの鋭い筋肉質の男だった。細身で精悍《せいかん》なイメージでもあった。

表向き業界のコンプライアンスを声高に叫んでいる須黒が、あからさまに極道に会うはずもなかった。

何者だ？

会食後、須黒はいつも通り銀座に向かったが、男は同行しなかった。片方の尾行用に芦田を呼んでおくべきだったと思ったが、時すでに遅かった。男の行方は知れない。

銀座での須黒の滞在時間はいつも通り三十分であった。遊んでいるのは恐らくマスコミ関係者で、会計だけをしに来たというところだろう。

それで帰宅するのだろうと思ったら、今夜は行動が違った。

まず六本木に舞い戻った。

黒のメルセデスは外苑東通りから閻魔坂に入ったのだ。スノッブ好みの須黒にはあまり似合わない一帯だった。

クラブ『乱酔』の前に到着すると、店内からスキンヘッドにタトゥーを入れた男と夏目亮が飛び出してきた。髑髏のタトゥーを頭に入れているとは、よく目立つ。

ビッグスクーターに跨ったままの渡邊に、亮がちらりと視線を寄越した。

フルフェイスのヘルメットを被っている。顔バレはない。渡邊はあえて顔をそらさなかった。逆に軽く会釈してやる。ここらの不良に見せかけたつもりだ。

須黒と亮。

いずれにせよ杉田がくれた情報は、正しかったということになる。

須黒は『乱酔』からなかなか出てこなかった。エロい恰好をした女たちが、次々に店に入って行った。

須黒の性欲処理であろうか？　御年八十二歳だが、まだ枯れていないということか。酒はやらないが女好き、との風聞もある。

深夜一時、須黒は亮と巨漢の男を伴って出てきた。ＧＩカットにアフリカ系の顔立ちの男だった。黒地に花火が上がった絵柄のアロハにギンガムチェックのパンツを穿いている。渡邊はすぐに気づいた。

――小柳富雄だ。

紅蛇連合の最高幹部のひとりだ。

「最高幹部のひとり」とは、半グレ集団を説明するうえでよく使用される表現だ。

もともと、いくつもの暴走族や不良グループの連合体である半グレ集団は、確固たる代表者を持っていないことも多い。

紅蛇連合の総長は、暴走族出身の林葉奏太郎となっているが、連合として行動する場合の決定は最高幹部たちが集まって行われる。

とはいえ、各グループの結びつきも緩やかだ。しかも派閥争いがあるかと言えばそうでもない。

半グレ集団とは、巨大なお友だちグループなのだ。

そうした中で、小柳富雄は、資金調達能力が抜群とされている。

メルセデスの助手席に亮が、後部席に小柳と須黒が乗った。向かった先は西麻布の『ジョニー』だった。

『乱酔』も『ジョニー』も、それぞれに表向きの経営者は立てているものの、実質小柳が運営している店だ。小柳の資金源が芸能界にあることを裏付ける場面だった。

湿度が高かった。いまにもゲリラ豪雨が来そうな気配だ。

メルセデスは『ジョニー』を出ると、青山方面へと走った。霧雨が降ってきた。

「ちっ」

単車の最大の欠点は、雨に弱いということだ。渡邊は、ヘルメットのシールドを上げ、肉眼で前を見ながら走行した。

メルセデスは根津美術館方面へと抜ける道に入った。左右は青山霊園である。三月なら桜の名所でもある墓苑だが、真夏の夜更けは、なんとも不気味な気配を漂わせている。

メルセデスはやけにゆっくり走っていた。そのぶん、渡邊も安全に走行ができた。墓地の中ほどに進んだ時だ。突然、メルセデスが停車した。渡邊もあわてて急停車した。濡れた路面にスリップする。

「あっ」

身体が路面に放り投げられた。右半身を強打する。一瞬、息が詰まった。ヘルメットを被っていなければ、脳挫傷を負ったことだろう。

メルセデスの左サイドの後部扉が開き、小柳がのっそりと降りて来た。

「ケガはないですか」

花火柄のアロハに、雨が降り注いでいる。

「いや、大丈夫です」

渡邊が起き上がろうとした瞬間だった。シールドの開いた部分に、スニーカーの爪先が飛び込んできた。

「ぐえっ」

鼻梁がへし折れた感覚があった。血飛沫《ちしぶき》が上がる。

「汚ねぇ。俺のパンツに鼻血なんかつけんじゃねぇよ」

小柳にヘルメットを無理やり回転させられた。自分の頭髪の匂いが漂い、目の前が闇になる。

墓苑の土手から、誰かが上がってくる音がした。数人いるようだ。

「美里、連れていけ」

「はい、もうここ墓場ですから、気分出ますよね」

女の声だった。

「女王、どこに括《くく》りつけますか」

男の声だ。

女王？　どこに括りつける？

それはどういう意味だ。

「一回、殺しちゃった方が、運びやすくない？」

女の声と共に、いきなり腹部を強打された。ヘルメットの中に思い切り吐いた。

後頭部の位置に吐いたので、自分の顔に跳ね返ってくる。

渡邊はがっくりと身体を折った。気持ちが悪く、何度も吐物《とぶつ》を噴き上げる。足首と肩を持って運ばれた。

「東二通りを奥へ。大久保利通か志賀直哉のお墓に磔《はりつけ》にして。最近、そういうのが流行っているみたいだから。真っ裸にしてね」

薄れゆく意識の中でそんな言葉を聞いた。

どのくらい経ったのかわからない。意識を回復すると共に、渡邊は絶叫した。

「あう！」

睾丸が真っ二つに割れたのではないかと思った。

目を開くと、雨の中で、赤いボンデージに身を包んだ女が、鞭を振るっていた。

自分は真っ裸にされて、誰かの墓石に括りつけられていた。

政治家か文豪の墓か？

「お前、何こそこそ、嗅ぎまわっているんだよ」

また鞭が飛んでくる。アンダースローのピッチャーのような腕の動きだった。鞭を地上から睾丸に向けて舞い上がらせてくる。

「あうっ」

皺袋の中央に当たり、稲荷寿司が左右に飛び分かれるような錯覚を覚える。どういうわけか、肉茎はビンビンに勃起してしまっている。

「お前、渡邊っていうんだな。『チノックス』も探りに来ていたよな」

女が今度は上から鞭を振り下ろしてくる。肉棹の鰓《えら》の下に巻き付いた。ぎゅっと引かれる。亀頭が充血する。千切れそうだ。

「あ、あんたは……」

渡邊は目を瞠《みは》った。

比沢美里だ。タレントの卵のはずだ。女の背後に、男がふたりいて、それぞれカメラと照明を向けていた。

「まったくふざけた真似しやがって。須黒さんのどんなことを探っていたんだよ」

さっと鞭を引かれた。亀頭が締まった。きりきりと革紐が食い込んでくる。

「あぁあああ」

射精した。美里の網タイツに飛ぶ。

「なんてことを!」

それから容赦のない鞭の乱打を受け、渡邊は気を失った。

第五章　逆転

1

「梶さんって、デイトレーダーなの？」

山内由貴子は窓外の景色をながめたまま、芽衣子の新たな肩書を言った。おっとりした口調だ。シャブ抜きの治療とはいえ、まったく抜いてしまうと地獄をみるので、この病棟ではモルヒネを投与して幾分緩和している。

一年以上に亘る治療が必要なようだ。

山内由貴子は、表向き病気療養のため外務省を休職中ということになっている。マスコミをはじめ、外部の者と接触できないようにこの病棟に隔離されているのだ。警視庁による事実上の身柄拘束だが、本格的な事情聴取はかなり先になる。

薬物が効いている間の聴取は、役に立たないからだ。事実、由貴子の視線は常に浮遊しているようで、意識がどこまで正常なのか定かではない。

看護師の家内康子の話では、外務省総務部の上司に突然ホストとのハメ撮り画像を収めたＵＳＢメモリースティックが送られてきたことで、心因性視覚障害も起こしているという。

強いショックから『何も見たくない』状態に陥っているようだ。見た目は、美熟女だ。

「そうなんです。個人でやっているトレーダーです。でも、ちょっと失敗しちゃいましてね」

芽衣子も由貴子と同じ方向を見た。かつてテレビ局だったあたりだ。いまはマンションに建て替わっている。風景の変化などあっという間だ。

「失敗って、大損したということ？」

由貴子はそう言って、初めて芽衣子の顔を見た。

失意の中にある者は、同じように悲嘆にくれている者を見ると安心するという。成功している者は眩しすぎて見たくない。むしろ嫉妬する傾向にある。

なるほど、萩原が用意してきた職業は実に便利だ。

トレーダーは大損もする職業だ。だが、芽衣子ほどの年代でも一定の資産を残していても不思議ではない。

何といっても有名大学病院の特別室だ。

ふたりは、その特別室だけがあるフロアの展望ルームにいた。もちろんふたりきりだ。裏を返せば、警視庁《ホンシャ》が、うまくこの舞台をセットアップしてきたということだ。

ここは張り切って任務遂行といこうと思うが、ちょっとまだ顔の皮膚がつっぱっている。鼻梁をシリコンで少し高くしすぎたようだ。黒目勝ちのカラーコンタクトもまだ馴染んでいない。

新しい顔は、ちょっとワルっぽいのだ。

「金融情勢を読み間違えたんじゃなくて、クスリを多用しすぎちゃった」

あっけらかんと言ってみた。

「えっ、あなたも薬物依存？」

由貴子が食いついてきた。瞳に光が戻っている。

『シャブ中はシャブ中に心を開く』

マルボウの薬物担当者が、よくそんな言葉を吐いていた。なるほどと、芽衣子は膝を叩きたくなった。もちろん叩かない。

「そうなんです。ニューヨークやロンドンの市場を常に追いかけていると、眠ってなんかいられないって、思ってしまうんですね。それでついクラブ関係で手に入れてやるようになって、やめられなくなってしまったんです」

嘘を並べ立てる。

役を貰ったら、それに合わせて台本を書き、演じるのが潜入工作員の任務だ。

「逮捕された?」

由貴子が上目遣いに聞いてきた。

芽衣子は首を振った。

「自主的に、此処に入れてもらいました。発覚するのは時間の問題だなと、冴えすぎた頭脳が教えてくれました」

空を見ながら言った。どんよりと曇っている。

「そうなのよね。薬物依存って、クスリをやっている時が唯一、まともな時間なのよね。切れると、何も見えなくなっちゃう」

由貴子がぽつりと言った。

「山内さんもその系ですか?」

慎重に聞いた。知らないふりだ。

「ええ。私はMDMA《エクスタシー》。年甲斐もなく男にハマっちゃってね」

由貴子が照れ笑いをした。

「ぜんぜん若いじゃないですか。クラブとかでやっちゃったんですか?」

似た者同士の振りをして聞く。

「いいえ、私はホストクラブ。最低でしょう」

由貴子が自嘲的に笑う。

「私の同業者にも、ホスクラに嵌る人って多いんですけど、ホストってやっぱ違いますか?」

由貴子の双眸《そうぼう》を覗き込んだ。刹那、輝いた。まだ、ホストとの思いが残っているのだ。

「他の男じゃ感じなくなっちゃうの」

ぽつりと言った。ホワイトシルクのパジャマの股間を軽く押さえている。

まったくもって枕ホストのやり口は汚い。性技の実力もない癖に、薬物で女の脳を無理やりエロモードに持ち込んでしまうのだ。それで覚え込ませたセックスの味が忘れられなくなり、他の男とやっても、感じなくなってしまう。

「私は、ホスクラって行ったことがないのですが、高額なのでしょう？」

遠回しに聞いた。

「いや、特別扱いにしてもらったの、ちょっと事情があってね」

その事情を聞きたいが、まだ早すぎる。

「そうなんですか。私の友達なんかは、相場で稼いだお金をどんどんホストにつぎ込んでしまって、しまいには相場を読む集中力もなくなって破滅しました」

相手から話を聞き出したい一心で、呼び水になるような作り話を振った。

「その方、どうなったの？」

由貴子は興味がありそうだ。

「わかりませんが、東南アジアのどこかの国の売春宿に売られてしまったとか。いまは音信不通です」

ノワール小説で読んだ話をそのまま伝えた。

「放っておいたら私もそうなったかも」

「最初に、ホスクラに行ったのって何故ですか？　あっ、こんなこと聞いちゃいけませんよね。ごめんなさい」

ポーズで頭を下げる。

続きが聞けるかは運次第だ。

「男が欲しかったとか、そんなわけじゃないのよ。私もどちらかと言えば、仕事一筋タイプ。お酒は大好きだけど、男はさして興味なかった。女に引っかけられたのよ。それも警察の女性職員」

「えぇええっ。警察ですか」

芽衣子は大げさに驚いてみせた。うまく呼び込めたようだ。人はこちらに悪意がないと知ると、意外と何でも喋り出すものだ。

「そう。ひとりで飲みに行った有楽町の立ち飲みバーで、偶然出会ったのよ。新宿東署の交通課の女職員」

由貴子がそう言った瞬間、芽衣子の脳裏に車庫証明担当の芦川幸子の顔が浮かんだ。

「あの、山内さんはＯＬとかですか」

再び誘い込む。由貴子は少し逡巡したのち、首を振った。

「私も公務員なんです」

さすがに外務省とは言わなかった。

「やっぱりそうなんですね、凄くきちんとした方に見えます」

おだててやる。

「あら、公務員がきちんとしているというのは、むしろ偏見よ。偏屈で狭量な人間が多いのが現実」

自嘲的に笑いながら続けた。

「有楽町コリドー街の立ち飲みバーといえば、ナンパ待ちの女が多いっていうことで有名だけど、私は本当に違うのよ。単純に酒飲みなだけ。その新宿東署の女も、いつもひとりで来ていて、ナンパには見向きもしないで、ひたすら日本酒を飲んでいたの。だから、自然と話すようになったのよ。で、五回目ぐらいのときに、もう一軒行こうか、ということになって、彼女の誘いで六本木のクラブへ」

「へー。なんていうクラブですか？　私もクラブはストレス発散によく行っていたんです。そこで、クスリの売人と知り合っちゃったんですけど」

話に引きこんでいく。

「『乱酔』ってクラブ。レゲエが主体なの。私はあんまり音楽には興味がなかったんだけど、そこで出されるカクテルがとにかく美味しくて」

由貴子は酔ったような眼で言う。

もはや、連れて行った女が芦川幸子であることは間違いない。カクテルにはすでにMDMA《エクスタシー》が仕込まれていたに違いない。

当然、男とやりたくなる。

「そのクラブなら、私も何度か行ったことがあります。スキンヘッドにタトゥーをしたバーテンダーがいる店ですよね」

芽衣子は一気に深入りした。

「えっ、あなたも『乱酔』メンバーなの」

由貴子が眼を丸くした。これで一気に喋り出すはずだ。

「えぇ、経営セミナーとかで知り合った人とかとも行きましたね。経産省とか霞が関の官僚とかも来てる店だったたって聞いています」

どうだ。これで余計喋りやすくなったのではないか。

「やっぱりね。他にも霞が関から、引っかけられていた人がいたってことね」

由貴子が相槌を打った。

「私も霞が関の人間よ。外務省なの。『乱酔』で、すっかりクスリに慣らされて、それから西麻布のホストクラブ。一回セックスしちゃたらもうダメね。抜け出せない。いろいろ頼まれごとされ始めてね。公務員として抜き差しならなくなって」

ようやく由貴子が白状した。

「いろいろとは？」

「私の所属する外務省の中国課の名簿。特に女性官僚を教えろと。たぶん、私と同じように餌食《えじき》にするつもりなのね。他の省庁の女性官僚の情報も持ってこいと」

「なるほど。女を転がして、いろいろ食い込もうってことですよね。立場のある方って狙われる」

芽衣子は同情の言葉を発した。

「まったくね。さすがにパスポートの偽造に手を貸せとまで言われてね。もう死ぬか逮捕された方がマシだと思った。大きな犯罪に手を貸す前にここに隔離されてよかったと思う」

由貴子の視線がまた遠くの雲に移る。

「その新宿東署の女性職員って、いったい何者なんですか」

芽衣子も遠くを見た。白い雲の向こうに、なにか得体の知れない謀略が見えてきそうだ。

「芸能マフィアの情婦よ」

「はい？」

芽衣子は聞き直した。どういう意味か、すぐに把握できない。

「憧れのタレントとたくさんやらせてもらって、超アイドル級のフリーホストを宛てがわれているの」

超アイドル級ホスト。それに関してはピンときた。

「それって、亮とかっていう男ですか」

もはや○×で答えさせることにした。

「そう、あの男。私ったら……そうとも知らずに」

由貴子がいきなり泣き出した。身体を震わせている。

展望室の扉が開いて、家内康子が飛んできた。

「山内さん、フラッシュバックですね。はい、お注射しましょう」

有無を言わせず、由貴子のパジャマの袖をまくり、静脈に針を突き刺した。由貴子の身体がぐらりと揺れる。かなり強力な睡眠剤のようだ。すぐに寝息が聞こえてきた。康子が抱きかかえた。

「だいたい聞き出せたんじゃない」

「はい。私の仮説とほとんど合っていました」

「だったら、もうここにいる必要はなさそうね」

「その通りです。でも顔がまだちょっと突っ張っているんですけど」

「わかった。あと一日、あの部屋使わせてあげる。たっぷり休養をとって、さっさと工作に入って」

言い終えると康子は、猛然と山内由貴子の身体を抱き上げ、通路に置いてあったストレッチャーに乗せた。

「その人、いつか外務省に戻れるのかしら」

芽衣子は聞いた。

「ありえないわね。ただし、治療が完全に終わるまで身分は保障される。給料も賞与も支払われるわ」

「治療が終わったら？」

「外務省から警察庁に出向になって、そのまま定年まで公安の監視下」

「警察庁での任務は？」

「中国の機関の情報分析。専用の女性補佐官が付いて、宿舎と役所の往復だけの人生。仕方ないわね。お国の機密を漏らしたんだから。でもそれ自体が外務省の記録に載らないから不名誉にはならないの」

康子がストレッチャーの拘束バンドを締めながら、肩を竦めた。

「せいぜい、お酒だけは飲ませてあげてね」

芽衣子は自室に戻った。

改めて鏡で、じっくり自分の顔を見た。

「梶裕子か」

往年のアクション女優に似すぎていて、ちょっと怖い。

2

「あうっ」

また鞭が飛んできた。左右からダブルだった。脇腹にヒットだ。渡邊は苦痛に顔を歪めた。

真っ裸の身体が左右に揺れる。

肉茎は硬直したままだった。

鞭を打たれ恍惚に浸っているのではない。これはED治療薬を飲まされている硬度だ。正直、自分は発情でここまで硬くならない。

肉茎が硬直するほど、鞭打ちの効果が増すからだろう。

「幸子先輩、腕上げましたね。鞭にたわみがなくなりました」

美里が、隣に立つ女の鞭捌きを見て、軽く拍手した。

「ありがとう。あなたがコーチしてくれたおかげだわ」

「先輩、筋がいいですよ。さすが警察学校卒ですよね」

「うん。あの頃が一番楽しかった。ただで射撃も出来たしね。でも警視庁に入ってからは事務部門ばかり。いやになっちゃうわ」

幸子という女が、黒のボンデージ姿で愚痴をこぼしている。美里はいまも赤のボンデージだ。ふたりとも赤の網タイツがあちこち破れているのが、妙に艶めかしい。特に、幸子と呼ばれた方の女は、股の付け根のあたりが破れていたので、女陰の肉縁が見えそうでそそられた。

渡邊は鉄鎖で吊るされていた。

青山霊園で気を失い、気がついたら、この場所に吊るされていた。倉庫のようだが荷物は何もない。高い天井には数本の鉄の梁が渡されており、その中央の梁から垂れた鉄鎖に渡邊の手首が固定されていた。

渡邊の意識はまだ朦朧《もうろう》としていた。

そのまま会話を続けさせたいので、目を瞑り頭を垂れたままでいた。チ×ポの尖端だけは、条件反射的にピクリピクリと動くが、なんとか見逃して欲しい。

「先輩に喧嘩をやらせないなんて、警察もどうかしていますね」

美里が鞭をバンと床に振り下ろす。空気を切る風が、渡邊の睾丸を吹いた。

「ったくよ。マルボウとか機動隊に入って暴れたかったのに、交通課総務係で車庫証明係ってバカにしすぎだよ」

「先輩、免許証更新センターにもいたんですよね」

美里が聞いている。

「そう、ボスに頼まれて、何枚偽造したかわからないよ」

(うっ)

会話の重大性に勃起したままの肉茎がビクンと揺れた。渡邊は薄目を開けてふたりの様子を窺った。幸いふたりは、顔を向き合わせて喋っていた。

壁の向こう側からも時折、男の悲鳴が聞こえてきた。

ここは、紅蛇連合の拷問用倉庫なのだろうか。

美里が、幸子の方を向いたまま、笑いながら言っている。

「ボスにスカウトされちゃったんだからしょうがないですよね」

(なんと!)

また、肉の剛直が揺れた。前より大きく揺れた。渡邊はきつく目を瞑り、聞き耳だけを立てた。

「スカウトしてくれたはいいけど、いつになったら、捜査系部門に引っ張りあげてくれるのか……。もう入庁四年になるのにさ」

「先輩が警視庁に入ったのって、ちょうどあいつが立川の少年係《ネンショウ》から新宿東のマルボウに移った時ですよね」

「そう。留置場じゃなくて警察学校に入れられた。笑ったわよね、私が警察だなんて。でもスカウトだけしておいて、一向に捜査系の部門には回してくれないんだもの。いやんなっちゃう」

「でも、おかげで一か所の駐車場で何台も登録出来たり、本物の偽造運転免許証で銀行口座が開設出来たり、すべて幸子先輩のお手柄じゃないですか」

「でも、最近は、私ら仲間にばかり活用してるわけじゃないのよ。あのオヤジから回ってくる車庫証明や運転免許証の偽造、中国人とかのが増えてる」

幸子が言った。

あのオヤジとは誰だ？

「それは須黒さんも一緒。やたら上海の映画関係者と会っているようよ。先週も上海と北京からやって来たプロデューサーに枕要員を要請されちゃった。事務所系じゃなくてホントの素人がいいとかって無茶苦茶だよね。どうにか援交の子たち集めて回したけど」

美里が背後の箱からバイブレーターを取り出している。

金色に輝いていた。

ひょっとしてあのバイブは？

渡邊の脳裏に転送荷物の中にバイブがあったのを思い出した。X線透視だったので、成分まではわからなかったが、あれはゴールドではないか？

「そういうちらも、元は援交でおっさんにパクられたのがはじまりだけどね。でも早く捜査系に行って犯人を滅多打ちにしたいわ」

幸子の声が尖ると同時に、鞭が飛んできた。

「あうぅうう」

渡邊は泣いた。

肉茎のど真ん中に上から振り落とされる。スパッと切れたのではないか。渡邊はしゅっと噴いた。精ではなく尿だ。恥辱だ。

「こいつ、起きてんの？」

美里が渡邊の顔の前にやって来た。無理やり右目の瞼を引き上げられる。視線が合った。

「意識あるんじゃん。まったくいろんなもの飛ばしやがって。先輩、顔面打ちしてください」

「あいよっ」

今度は幸子が近づいてくる。鞭を持ち替えていた。長鞭ではなくバラ鞭だった。細い鞭がたくさんついてるやつだ。渡邉の背中に冷たい汗が流れた。

幸子が素振りを繰り返している。鞭が花のように広がり、長鞭とは異なる鈍い音を奏でている。

刹那、顔中に鞭がバラバラに降ってきた。左右にタスキをかける感じで打ってくる。瞼が切れる。

「うわっ」

渡邉は悲鳴を上げた。

「先輩、X打ちは見た目に華麗なんですが、威力は左右ビンタ打ちの方があります。是非お試しを」

横で美里がアドバイスした。まったく余計なことを言ってくれるものだ。

「へぇ、そういうもの。喧嘩と一緒ね」

幸子が打ち方を変えてきた。

「うぉ、ぐえっ」

左右から連打された。頬が切れ、裂け目が広がっていく感じだ。

「あんたのことは紅蛇の連中が調べたわよ。芸能記者だったのね。系列の杉田さんに接近していろいろ聞いたでしょう。あんたバカね。あんな焼き肉屋、紅蛇の人間が絡んでいないわけないじゃん。あげくにあんた、転送バイトのからくりも調べようとして、赤坂のビルまで来てたでしょう。防犯カメラに写っているの確認したわ。電話で応対したの、私だから」

美里がバイブを握りながら近づいて来た。

「知らん」

渡邊は、もうここまでか、と思いながらも、否定した。

「須黒社長を尾行しまくるなんて、ほんとバカ。あなた芸能界から追放だって」

美里が背後に回ってくる。尻の窄まりに黄金バイブの尖端を宛てがわれた。

「な、何をするんだ?」

「拡張」

言いながら美里がバイブを突っ込んできた。硬い粘膜がくわっと開く。

「わぁあああああああああああ」

「これ、電動じゃないのよね。バイブ型のゴールドだから。コレクターズアイテムだけど、まぁ使う人はいないわね。まさか、ゴールドの取引がこんな形でされているって思うわけないわよね」

「なんで、金塊がバイブ型なんだ？」

さすがに聞いた。記者としてどうしても聞いておかねばならないポイントだった。

「アソコやココに差し込んで税関を通るからよ。香港《ホンコン》とかマカオに観光に行ったOLとか、大型客船でやって来る中国人観光客たちに運ばせたものよ。この形だと入りやすいんだよね。それにたとえ保安検査で透視されても『何だバイブか』で止められないケースも多い。逆に保安官も、人権問題とか言い返されたくないからね」

「これも、そうやって運ばれてきたものか？」

「そう。中国人のすっごいデブなオバサンが、アソコに入れてきたもの。いちおう殺菌消毒はしてありますけど……」

言いながら抜き差しされた。

「んんんっ。俺の尻を拡張してどうするつもりだ」

目をしっかり開けて、聞いた。

その顔を再びバラ鞭で、横殴りされた。

「あぅううっ」

「ウォッカ、後ろから飲んでもらう」

黄金バイブが引き抜かれたと思ったら、今度はボトルネックが入ってくる。いきなり鉄鎖が下ろされた。

渡邉は思わず四つん這いになった。

尻の窄まりに冷たい液体が流れ込んできた。

「うっ」

すぐに腹まで冷えてくる。

「食道が焼かれないだけ、苦しくないんじゃない。すぐに酔うし。急性アルコール中毒死ね」

「うぅうう」

どんどん流入された。腹が膨れ、胸がむかついてきた。

「先輩、下がって。こいつ吐くわよ」

美里が言うと幸子がすっと飛び退いた。

「ぐえっ」

渡邊は吐いた。尻から入ったウォッカが口から出た。食道が焼けるのは同じだった。視界がゆらゆらと揺れ始める。

鉄の大きなスライド扉の向こう側に車が止まる音がして、クラクションが鳴った。

「バイバーイ」

ふたりが背を向けて出る。

渡邊は這って前進しようとしたが、半歩も前に出ぬうちに肘《ひじ》が折れた。また嘔吐する。

体温がスーッと下がっていく感じだ。

壁の向こう側で、何か物音がしたが、そっちを向く余裕もなかった。吐き気が止まらない。

3

福生《ふっさ》市の丘の上。

飛行機の格納庫のような形をした灰色の建物があった。AV制作会社『Eファック』の所有する撮影所だ。

Eファックとは良い性交という意味らしい。

——バカじゃない？

芽衣子は、レンジローバーのサイドウインドウを下ろし、肘を出しながら撮影所を眺めていた。

丘の向こうに米軍横田《よこた》基地が広がり、ひっきりなしに戦闘機や輸送機が飛び上がっていく。

なるほど、ここでこうしてぼんやり眺めているだけでも、様々な航空機の機種がわかり、その進行方向も把握できる。

いまもジェットヘリがゆっくり上がっていく。ひょっとしたらこれから六本木に遊びに行く将校かも知れない。内陸を悠々と飛んで、およそ十五分で六本木のヘリポートまで行ける。

この国の空の上はすべて米軍機が最優先になっている。空から見たら、たしかに日本は米国なのだ。

中国がちょっとムキになるのもわかる。

けれど片一方で、この国の安全保障を米国が担ってくれていることを忘れてはならない。

日本が攻撃を仕掛けられた時に、我々のために血を流してまで戦ってくれるのは、米国兵士なのだ。

たとえばルイジアナやテネシー、あるいはシカゴやデトロイトからやって来た、この国に無縁の若者が、マシンガンを握り、手榴弾《パイナップル》を投げ、侵略者と戦ってくれることになっている。

簡単に反対するべきではないというのが、芽衣子の考えだ。

米軍が撤退し、この国を自分たちだけで守れということになれば、軍隊が必要になり、徴兵もしなければならなくなるだろう。

朝鮮半島にいる刈り上げの太った独裁者が『もう、日本なんか怖くないもんね』と気まぐれで、核のボタンを押してしまったら、それでこの国はゲームセットになってしまう。

そして米軍が去ったならば、すかさず隣の大陸国家は、四千年前には日本は我が国の領土だったと言い出すだろう。

四千年前に国際法の概念はない。

だったら、中国大陸は日本のものだったかも知れない。

子供の喧嘩みたいだからやめよう。

——けれど、日本はいずれ、股裂きになるだろうな。

芽衣子はそう確信している。

地政学的に中国に乗っ取られるか？

自由主義陣営として米国の属領化するか？

どっちも嫌だが、その選択を迫られる時が、案外早く来そうだ。

——どうする日本。

そんなことを思いながら、空から視線を下ろした。

この場所にたどり着いたのは、芦川幸子を尾行した結果だ。今日は土曜。幸子は休日だった。

あらかた芦川幸子の生い立ちも調べた。実は彼女、出身地の立川《たちかわ》で名うての不良だった。

女子高時代から喧嘩上等の幸子だったが、T体育大学運動文化学部に上がってからは、後に紅蛇連合に合流する『央道《おうどう》ギャング』のレディースを率いていたほど。『央道ギャング』は、中央線一帯のストリート系ギャングが集合した半グレ集団だ。トップは小柳富雄。現在の紅蛇連合の最高幹部のひとりだ。

芽衣子は早朝から、立川にある幸子のマンションを張っていた。

そのマンションから迎えのタクシーに乗って彼女がここにやって来たのは、三時間前だ。

面白いことに、迎えに来たタクシーに先に乗っていたのが、『乱酔』で出会った美里だった。リカの片割れで、芽衣子のポケットに覚醒剤を滑り込ませた女だ。

そう繋がっていたか。

撮影所の前に、地味な国産車が止まった。シルバーメタリックのスカイライン。

「あらら」

芽衣子は思わず声をあげた。

実に見覚えのあるセダン車だった。車の色と形どころかナンバーにも記憶がある。

それもそのはず、新宿東署の覆面パトカーなのだ。

芽衣子は目を凝らして見た。

運転席に、よーく知っている顔があった。

勝田光男。

新宿東署の組織犯罪対策課四係の係長。芽衣子の上司だ。もとい、厳密には『太田麻沙美』の上司だ。

現在、顔も職業も戸籍も変えた梶裕子にとっては、なんら縁《ゆかり》もない男である。

撮影所の扉が開いた。

「はい？　なんだあれ？」

芽衣子は絶句し、目を細めた。

女王様がふたり出てきたのだ。赤いボンデージの美里と黒いボンデージの幸子。

コスプレにしてはふたりの眼は興奮していた。特に美里が血走っている。

あれは、女王の仕事をした直後の眼だ。

スカイラインの助手席に幸子が、後部席に美里が乗った。

スカイラインがゆっくりと動き出す。緩い下り坂の途中の信号で止まる。

──めったにないチャンスだ。

芽衣子は、サイドウインドウを下げ、マグネット式のマイクロマイクを放り投げた。スカイラインのトランクルームとリアウインドウの境目にピタッと張り付いた。

いちおう投擲失敗なども考慮し五個用意してきたのだが、一発目でジャストヒットした。

信号が青に変わり、スカイラインが走り出した。コンクリートも通すマイクロマイクから、声が漏れてくる。

「懐かしかったわ、美里の尻ウォッカ。昔は安いウイスキーだったけどね」

最初に幸子の声が聞こえてきた。

「おまえら、どんな痛めつけ方したんだよ」

勝田の声だ。

想像していたことだが、こいつが私を売ったわけだ。さらに裏に黒幕がいるはずだ。どうやら、新宿東署に潜伏していた本筋捜査と繋がってきたようだ。

公安の小口も萩原も、したたかすぎる。すべて予測していたに違いない。だから、勝田の下に配属されたのだ。

ということは勝田の上がいる。そこまで手繰《たぐ》って、一網打尽だ。

「お尻からウォッカを直腸に逆流させてやったのよ。立川の不良時代、一番憎たらしい相手にはこれだったね。殴るとか蹴るのは、気分は爽快になるんだけど、相手が苦しむ時間は短いからね。直腸逆流アルコールは長いよ。吐いて、吐いて、のたうち回るんだもの」

美里が言い、それに被るように幸子の高笑いが聞こえてきた。

「最低な暴力だな」

勝田の声だ。

「警察には出来ない始末の付け方を頼みたいと、私たちを協力者にしたのは、勝田さんじゃない」

幸子の声だ。

聞いていて、芽衣子は噴き出した。置かれている立場もまた似ているのだ。

悪を制するには悪が一番だ。法律や正義感では裁けないことが、この世にはたくさんある。

元不良が現役不良を叩きのめす光景は、痛快だ。

けれども、この三人の会話を聞いていても、痛快な感じは受けない。

どこかに不純な感じがあるからだ。

ドラマや小説のアウトロー刑事には、懲らしめの動機に不純さがない。だから喝采の声が上がるのだ。

——私もそうだよ。

芽衣子はスカイラインのテールを眺めながら、独り言《ひとりご》ちた。

「たしかに、ふたりをスカウトしたのは俺だ。助かっている。まさかマルボウに異動になるとは思っていなかったから、依頼のスケールが大きくなってしまった」

勝田が言っている。勝田の前所属は立川中央署《たちかわちゅうおう》の少年係だ。その頃に幸子を何度か補導している。

「ホントよね。上野や池袋の半グレの情婦《イロ》たちを叩き潰していく予定だったのに、芸能プロと組んで、セレブを嵌めるなんて思ってもみなかった」

「まぁ、ワケアリだからな。日本の極道はもう弱体化しすぎちまった。もはや捕まえる意味もないんだ。それより半グレの世界進出に手を貸してやった方が、遥かに国益になる」

勝田が言った。

——そいつは行きすぎだ。

刑事としての矩《のり》をこえている。

「私たち、国のために、ハニトラやシャブ打ちとか手伝っているんだ」

美里が陽気に声を張り上げた。

「それにしても太田麻沙美、逃げ切っているわね。勝田さんが疑わなかったら危ないところだったわね」

幸子の声だ。芽衣子はドキリとした。

「前所属が国際刑事警察機構だと聞いたときからピンときたよ。何かを嗅ぎまわっているとね。早めに摘んでおかないとまずいと思った。須黒さんが計画していることが動き出したからな。先月になって、ある筋から裏がはっきり取れた」

「それで、『乱酔』に誘い込んで、私とリカの出番になった」

「そういうことだ」

最低だ。

芽衣子は舌打ちをした。

腹を立てたのは、勝田に対してではない。

公安の上層部にだ。他に名前は知らないので、とにかく小口と萩原だ。あいつら、私がふつうに振舞っていれば、いずれ罠を仕掛けられると最初から読んでいやがった。国際刑事警察機構からの転属というアイコンを付けた段階で、計算は立っていたことになる。

いつか、やり返してやる。

上司や先輩に対する怒りはともかくとして、こいつらの黒幕までたどり着くのが先決だ。

勝田光男が言った「ある筋」というのも気になるところだ。

スカイラインは甲州街道《こうしゅうかいどう》に出た。

調布《ちょうふ》インターで中央自動車道に上がった。新宿までまっしぐらだ。

芽衣子は、走行しながらスマホの短縮番号を押した。短く呼び出し音が鳴り、相手がすぐに出た。

「女王、おはようございます」

車のスピーカーから、しわがれた声が聞こえてくる。

昼でも夜でも『おはようございます』と言うのは、古い水商売人の習慣だった。

「キング、悪いけど美里と幸子という女王の情報を拾ってくれない。その名でやっているかどうかわからないけど、六本木のクラブ『乱酔』に出入りしてる女たちで、ひとりは新宿東署勤務、もうひとりは無名のタレント。Dプロの系列らしいけど」

ステアリングに付いたマイクに向かい、早口で訊いた。

「承知しました。どうせ『流れの女王』でしょうけど、心当たりを聞いてみます。明日にはお返事を」

キングが切った。

日が徐々に傾いてきた。

スカイラインは首都高の新宿で降りると思いきや、通過した。

降りたのは外苑出口で、国立競技場を眺めながら、青山に向かった。

『須黒』と書かれた邸宅の前で止まった。都心の一等地でありながら、高い塀で囲まれた庭は緑の木々で覆われ、深い森を思わせた。

シャッターが上がりスカイラインが入って行く。

デラックスプロの須黒龍男の自邸だ。

芸能界の首領の邸宅へ、新宿東署のマルボウが入って行く。

『芸能界マフィア』

外務省の広報官、山内由貴子の言葉を思い出しながら、芽衣子は邸《やしき》の前を通り過ぎた。

正面から、ヘッドライトを消した黒塗りの車がやって来た。芽衣子のレンジローバーとすれ違う。

黒塗りのレクサスセダンの後部席から白髪をオールバックにした老人の顔が見えた。

民自党幹事長、瀬島信隆《せじまのぶたか》だった。

バックミラーを見やると、レクサスは須黒邸の前で停車した。すぐにシャッターが開き、車は闇の森の中へと吸い込まれていく。

与党内最大の親中派といわれる瀬島が、芸能界の首領の邸にわざわざ足を運ぶとは、面白すぎる。

政界と芸能界との癒着はよくあることだが、与党の大物政治家である幹事長の方が須黒の屋敷へ赴くとは、よほどのことだろう。

総選挙が近い。資金集めか。

第六章　天誅

1

「緊急事態だ。紗倉、いますぐ福生のスタジオに戻ってもらいたい」

いきなり目の前にひとりの男が現れた。それも誰も知らないはずの本名で呼ぶ。須黒邸から徒歩五分ほどの位置にあるコインパーキング。

芽衣子はレンジローバーを降りたところだった。

男は、麻のサマースーツを着ていた。ジョン・レノン風の楕円形の眼鏡をかけているが、暗くてよく見えない。

「はい？　私、違いますけど……」

芽衣子は惚けてそのまますれ違おうとした。すれ違いざま、男の殺気を嗅ぎ取ろうとした。もちろん、芽衣子も両手の拳を握りしめて、肩を力ませていた。

相手の男は、殺気ゼロ。

芽衣子としては、やや腰が砕ける。

「ジミーだ。ハギーが外務省から出られないんで、私が来た」

「はい？　ジミーって」

「小口と言った方がわかるか？」

「ひょっとして課長ですか？」

芽衣子は改めて男の顔を見た。初めて見るので、本物かどうか確かめようがない。萩原から、ボスの名前として聞かされていたが、写真すら見せてもらったことがないからだ。

「そうだ私が課長の小口だ」

「なぜジミーと名乗ったのですか？」

芽衣子は疑いの眼を向けた。

「萩原のことはみんながハギーと呼んでいる。かっこいいじゃないか。それなら、私もジミーにしてみようと思ってな。今後、現場に出るときはコードネームをジミーとする。覚えておくように」

「本当に課長ですか？　逆にいまのセリフで余計に疑問を持ちました」

公安部特殊機動捜査課というのは、もっと地に足がついたような者たちで構成されているのではないのか。

「だったら、お前さんのことをデイトレーダーで薬物依存の梶裕子さんと呼んだ方が納得できるか？　それとも女王刑事とか？」

小口が面倒くさそうに言った。

女王刑事とまで言った。どうやらこれは間違いなさそうだ。

パーキングの横を宅配業者のトラックが横切った。ヘッドライトに照らされて小口の顔がはっきり見えた。

五十を少し越えているのではないか。中肉中背で白髪が少し混じっているが、知的な双眸の持ち主だった。

やんちゃな顔つきの萩原とはずいぶんと違う。

「失礼しました。ターゲットを捉えたばかりの局面なので、硬くなっていました」

「紗倉からの連絡で、あのスタジオ周辺を洗った。一週間ほど前に草柳と思われる男が運びこまれている」

「草柳君が？」

「彼は殺されてはいない。中国の機関は、捜査内容を白状させたいんだろう。特に金の流れをね」

草柳は自分の知らない捜査をしていたということか。

「あの、草柳君の正式所属は？」

「うちだ。準暴力団から他国の情報機関や外国マフィアのフロント企業への金の流れを追っていた」

なるほど腑に落ちた。

「この現場は放置ですか？」

芽衣子は、須黒邸の方へ顎をしゃくった。

「あの邸に関しては、いまこの瞬間から、集中管理に入る。エキストラを二十人ほど動員して分析するから心配するな」

集中管理とは一定期間毎日二十四時間、監視をし続けるということだ。外出時だけではなく、邸内にも潜り込み、隠しカメラをあちこちに仕掛け監視する。もちろん監視終了と同時に回収する。

エキストラとは、本捜査する刑事を手助けするためのロジスティック要員を指す。容疑者確保には一切タッチせず、監視や尾行のサポートのみに徹する要員だ。彼らは刑事をスターと呼んでいるそうだ。

潜伏一筋で、一度も本社にあがったことのない芽衣子は、公安部特殊機動捜査課の規模自体を知らないのだが、それほどのエキストラを出せるとしたら、二百人規模の部隊なのではないだろうか。

エキストラの動きは、捜査を担当する刑事にも知らされることはない。すべての脚本、演出は課長が担当しているのだ。

映画監督のような存在、それが小口だ。

「いろいろ文句があるんですがね、ジミー監督。私、捨て石ですか」

溜まっている不満を口に出した。

「そんなことはない。知っていると演技が過剰になるものだ。だから役回りのすべては教えない。そのぶん、公務員では手に出来ない報酬を渡す。本部から行く活動費には領収書の添付も必要なければ、返納の義務もない。もちろん所得の申告もいらない。すべて裏金だ」

小口が、胸ポケットから封筒を出してきた。

「香典の先渡しですか？」

受け取りながら芽衣子は皮肉を言った。ズシリと重い。先日の見舞い金よりもぶ厚かった。

「好きに受け取れ。ただし事故死しても葬式は出せんよ。梶裕子には身寄りもないし……」

小口が暗い表情を浮かべた。だが眼差しは優しい。

「死んでたまるか、ですよ」

「スターに死なれたら、こっちも困る。この先、まだ大きな舞台を用意している」

「大きな舞台？」

芽衣子は聞き直した。

「私がいま告げなくても、福生から生還すれば、自然にその舞台に上がっていくことになる。連続ドラマに出演する俳優は、最終回の内容を知らずにみんな走っているそうだ。同じことだ」

「ちっ」

芽衣子は舌打ちしながら、レンジローバーに戻った。

日の暮れた中央自動車道を爆走し、一時間ほどで、福生のスタジオに着いた。

丘の上のスタジオはすっぽりと闇に包まれていた。

三方が崖に囲まれている。

芽衣子は黒のダイバースーツに着替えた。フェイスマスク付きだ。背中に女王リュックを背負い、頭部にヘッドライトを巻き付ける。

ベルトにライトが三個付いている。中央の一個はノーマルライトではない。リモコンで左右のライトだけを点けた。

五メートルぐらい先まで光が届いた。

首から聴診器型のコンクリートマイクをぶらさげる。右手にはバラ鞭。

我ながら異様な恰好だと思う。

――子供が見たら泣くわね。

大人でも泣くかも。

ヘッドライトを照射しながらスタジオの脇、崖縁を歩いて、裏手に回った。壁は厚く屋内からの音はまったく聞こえなかった。

窓に明かりは点いていない。

スタジオの真裏に回った。上方を見上げると二階部分と思われる窓ガラスの向こうに、カメラの望遠レンズが並んでいるのが見えた。

やはり米軍機の飛行を撮影しているということか。

裏側に扉はなかった。正方形の窓があった。十字に枠が入った四枚ガラスの窓だった。明かりは見えない。

状況を把握したところで、芽衣子はヘッドライトを消した。肉眼では三十センチ先を確認するのが精いっぱいだったが、たったいま見た景色の記憶を頼りに動く。

壁に聴診器を当てた。

無音だった。

が、草柳がここにひとりで放置されているはずがない。見張りは必ずいる。

忍び足で窓に接近した。

リュックから粘着テープとガラスカッターを取り出す。

窓ガラスに粘着テープを貼り、ロックに一番近い位置を円形に切り取った。腕が入る穴が開けば十分だった。

腕を入れ、跳ね上げ式のロックを外した。難なく窓が開く。

芽衣子は室内に入りこんだ。物置場だった。撮影の大道具らしいベッドが何種類も置いてあった。ロココ調やらカントリー調など様々だ。折り畳み式まであった。

さすがはＡＶ制作専門スタジオだ。

忍び足で歩き、扉を開けると通路だった。闇だ。

芽衣子は、壁を軽く叩いてみた。外壁に比べて、室内の壁は薄いようだった。石膏ボードの壁だ。

コツコツと叩いた。

公安暗号で『濡れている』の意だ。

所在を確認するために、女潜入員は、こう聞くことになっていた。

もしも草柳が聞いたら、返事をしてくるはずだ。

前方からコンコンコンと鳴ってくる。たしかに聞こえた。意味は判然としない。

今度は『舐めてほしい？』と打つ。

ゴンゴンゴンと返ってきた。

『勃《た》っている』

草柳だ。奴しかこの返事は返せない。裏を返せば、草柳は紛《まご》う方なき公安部特殊機動捜査課員ということだ。

すっかり騙されていた。

それにしても誰がこんな暗号にした。小口か萩原か。任務が終了したら問い詰めたい。

芽衣子は音のする方へと、素早く進んだ。

再び壁を叩く。

『いやんっ』

こんな暗号こそいやだ。さっさと帰りたくなってきた。

『出る！』

二番目の扉で音がした。草柳もいやにならないか？　そう思いつつ、扉に近づいた。

白い木製扉を開けた。

暗くて何も見えない。ヘッドライトを点けた。

「やだぁ」

ライトが真っ裸の草柳の股間を照らしていた。フル勃起。

「見るな。あんた誰だ」

低い声で聞いてくる。

「旧名、太田麻沙美」

芽衣子の顔はまったく変わっているのだ。

「あぁ……」

草柳が納得したように頷き、身体を半回転させた。ロープで後ろ手に縛られ、足首同士も括られていた。素早くカッターを出し、ロープを切ってやる。

「すまない。眠剤《ミンザイ》とかED治療薬を交互に飲まされて、まだ頭がよく回っていない」

そういう草柳の顔面はかなり崩れている。瞼は腫れ、鼻梁も少し曲がっている。胸や足も痣《あざ》だらけだ。

「シャブも食わされているみたいね」

あちこち骨折しているにもかかわらず、痛みを感じないのは覚醒されているからに違いない。床には注射器が転がっていた。

「あぁ、ここには山のように薬物がある。スタジオの横のスタッフルームだ」

縛《いまし》めを解かれた草柳が、親指を立てて背後を指した。そっちがスタジオらしい。

「立てる?」

「あぁ、ちょっと待ってくれ。隠してるパケで、一発打ちたい。それで半日は動ける」

草柳は、部屋の隅の床と壁の隙間に隠してあったセロハン紙に包まれた粉を取り出した。注射器に残っている水に溶かして吸い上げた。

左の静脈に打っている。みるみる顔に精気が蘇る。

完全に依存症にされてしまったようだ。ここを脱出したらすぐに、河田町の大学病院へ隔離せねばならないだろう。家内康子が手厚く看護してくれるはずだ。

「見張りは？」

「スタッフルームに常時三人詰めている。俺以外にも監禁されている奴がいるみたいだ」

「わかった」

芽衣子はリュックから特殊警棒を一本取り出し、草柳に渡した。芽衣子は右手にバラ鞭、左手に長鞭を握った。

「いろいろ面倒だから、ここは燃やしちゃおう」

「指揮官はあんただ。従う」

「じゃあ、草柳は、もうひとりの監禁者とやらの救出に専念して。敵は私が全部やっつける」

「わかった。ゴーだ」

ふたりで一斉に扉を蹴った。通路を走って、スタジオに躍り込む。

鎖に繋がれた五十がらみの男が、いきなり叫んだ。

「もうやめてくれ。調べたことはすべて歌う！」

男が泣きながら叫んでいる。誰だかわからないが、とにかく床がウォッカ臭い。

「ありがたいわね。ゆっくり聞かせてもらうわ」

と、その刹那、スタッフルームの扉が開いて、男と女が飛び出してきた。

ジュンイチとエイミだった。

「你是谁《おまえだれだ》」

ジュンイチが言う。ナチュラルな発音だった。

「女王よ」

「我要杀了《殺してやる》！」

エイミがタンと床を蹴った。ミニスカートのままダンサーのように宙に飛び、一旦曲げた右足を伸ばしてきた。スカートの下はノーパンだった。女の股の中央がはっきり見えた。

──私より亀裂が長い。

芽衣子は長鞭を振った。尖端がうまく巻き付いた。思い切り引く。

「あうっ」

空中でエイミがバランスを崩した。足が上を向き、尻から落ちた。割れ目が露出した。ちょっと濡れている。

その顔にバラ鞭を振り落とす。

びしっ、ばしっ、と顔面を連打する。すぐに頬が破れた。

「うぎゃっ」

悲鳴は万国共通だ。

「紅蛇とDプロの裏切りか！」

ジュンイチが日本語で怒鳴り、金属バットを握って襲いかかって来た。

芽衣子は身体を屈めた。コサックダンスのようなポーズで、長鞭を回す。ジュンイチの片足を払う。

「うわっ」

横転させた。

この隙に、草柳がスタッフルームに飛び込んだ。

「うちらは裏切ってなんかいませんよ。オヤジはいまも上海と北京からのタレント導入を図っている」

スタジオの上方から声がした。キャットウォークに夏目亮が立っていた。モスグリーンの光沢のあるスーツに襟を開いたホワイトシャツ。一流ホストのいで立ちだ。

「あらまぁ、千両役者の登場ね」

芽衣子は見上げながら、笑った。

「笑っていられるのもいまのうちだ」

亮が尻ポケットから拳銃を抜いた。マカロフ。それもかなり古いタイプだ。銀色に染め上げている。早い話が旧ソ連製のトカレフのコピー銃だ。

「ファッションとしてそのギンダラだけが間違っている。ダボシャツと腹巻のチンピラが持つ拳銃だわ。そうね、ユーには、H&Kの最新拳銃とかじゃないと合わない。SFP9とか」

芽衣子は自衛隊が採用した最新銃を伝えた。

「うるせえっ。ここで撃ち殺して、そのまま南シナ海に捨ててやる。てめえこそペンギンみたいな恰好で吐《ぬ》かすんじゃねぇ」

たしかにファッションを語れる恰好ではなかった。ペンギンよりも映画『八つ墓村』の殺人鬼に近い。

「そう、我が国の海域で水葬してやる」

ジュンイチが上半身を起こしながら言っている。

「だいたい魂胆がわかったわ。上海や北京からタレントを呼び寄せて、日本でスターにする。中国工作機関の印象操作に利用するためね」

「ごたごた言うな。六〇年代にアメリカがその手法で、日本を親米化させた」

亮が眉間に皺を寄せた。

完全にマインドコントロールされている。芽衣子はそう思った。トリガーに掛かっていた亮の指がわずかに動いた。

「ごめん。議論している暇はないの」

芽衣子はベルトに付けていたヘッドライトのリモコンを押した。中央のボタンだった。

「うわぁあああああああああ」

亮が雷に打たれたように身体を躍らせ、キャットウォークから落ちてきた。

それもそのはず、真ん中のヘッドライトは百万カンデラの光量を放つ特殊閃光弾《スタングレネード》の光の部分だけを応用したライトだ。

一瞬にして眼が眩《くら》む。

三分は眠ってくれるはずだ。ライトはすぐに消した。

「な、何しやがった」

ジュンイチが這い上がってくる。

「八つ裂きにしてやらないと気が済まない！」

血に染まった顔のエイミも立ち上がった。手にジャックナイフを握っている。

「やってごらんなさいよ。乾燥ま×このくせに」

挑発してやった。淫語虐《いじ》めも女王のテクニックのひとつだ。

「ふざけないで」

エイミが襲いかかってきた。金属バットを拾い直したジュンイチも並んで振り上げてくる。

「おいでよ」

鞭でバシンと床を叩いた芽衣子は、そのまま後ろに飛び退いた。

シュッ、エイミの腕が伸び切った。

同時にジュンイチの金属バットも空振った。

芽衣子は、あえて、ゆっくり長鞭を放った。からかう程度だ。ついでにバラ鞭も猫じゃらしのように振ってやる。

「くらえっ」

頭に血が上ったジュンイチが、バットを放り投げてきた。簡単に見切れる速度だった。身体を軽く捩って躱す。おかげで、背後の扉が開いた。

いい展開だ。

「バーカ」

芽衣子はそのまま後退し、スタジオの外に出た。止めを刺すまでもう三歩ほどだ。

「証拠を残したくないから、こいつまでは抜きたくなかったんだがな」

「本当よ」

表に誘《おび》き出されてきたジュンイチとエイミが、尻ポケットから青龍刀を抜いた。

青光りする刃が見事に反り返っている。

「しゃらくさいわね」

芽衣子はバラ鞭を振り回しながら、さらに一歩後退した。崖縁まであと二歩だ。

「去死吧《死ねや》!」

最初にジュンイチが飛び出してきた。

「おまえのマンマンこそ切り裂いてやる」

半歩遅れて、エイミが来る。青龍刀の切っ先が芽衣子の股間を狙っている。

「そこは、最初《はな》から裂けているから」

笑いながら、芽衣子は中央のヘッドライトを灯した。百万カンデラの光線が放たれる。

「ぎゃぁあああああ」

面食らうとはこのことだろう。

ふたりの視界はホワイトアウトしたはずだ。だが、勢いは止まらない。芽衣子は、咄嗟に横跳びしていた。

「あぁあああああ」

「見えない、なにこれ、えっ」

ふたりが崖から飛んでいった。青龍刀が藍色の空の中でキラキラと輝きながら落下していった。

「事故死ね」

芽衣子は、長鞭を丸めながらスタジオに戻って行った。

草柳が、囚われていた男の鉄鎖を解いていた。代わりに夏目亮にSMプレイ用の手錠を打っていた。足にも打っている。

「このおっさん、芸能記者だって」

「そう。じゃあ、芸能マフィアについて、いろいろ教えてもらわないとね」

芽衣子は、男の睾丸をバラ鞭で軽く打った。

「くっ！　割れる」

男は白目を剥いた。

「渡邊裕二という。知っていることはすべて喋る。だから、警察に連れて行ってくれ。保護してもらわないと、生きていけない」

　渡邊は恐怖のどん底にいる気配だった。

「草柳君、このおっさんを少し楽にしてあげる方法はないの」

　芽衣子は片眉を上げながら聞いた。

「簡単だよ。大量にあるから」

　草柳が注射器を取り出した。

「なるほどグッドアイデアだわ。それで保護する場所も決まる」

　このおっさんもしばらく家内康子に預けよう。

　山内由貴子と共に、芸能マフィアの真相を調べるための、よき証人になりそうだ。

　あくまでも裏の証人だが。

　草柳が渡邊にシャブを打ち込んだ。

　夏目亮を、レンジローバーのトランクに放り込んだ。

　スタッフルームの冷蔵庫には、三キロほどに分けられた白い粉が、二十袋ほど積み上げられていた。マカオ製だと思われる。

　他にも大麻やらＭＤＭＡの類が大量に入っている。

「アヘン戦争でやられた恨みは、イギリスで晴らして欲しいわ」

芽衣子は三キロ入りのビニール袋を一個だけ拾い上げた。残りはスタジオの床にすべて並べた。

一呼吸おいて、プレイ用の蠟燭を取り出し、火をつけた。

畳んであったマットレスを広げて、炎に翳すとすぐに燃えあがった。大きな種火になったので、そのまま、外へと逃げた。

夜気が体にしみる。

レンジローバーのドライバーシートに乗り込みエンジンをかけ、急いで丘を下った。

坂の途中でドカンと爆発音がした。振り返ると、蒲鉾《かまぼこ》型の屋根から火柱が上がっている。

「やっぱ、二階には、爆薬も隠匿していたわけか。危ねぇ。俺もこのおっさんもいつ吹っ飛ばされてもおかしくなかった」

草柳が大きなため息をついた。

「スタジオは表の顔で、中国の機関のアジトだったわけだ。紅蛇連合の小柳一派は完全に中国の機関に乗っ取られていたってことね」

芽衣子は炎と煙を見やりながら、肩を竦めた。

「これ、風下の家とか通行人、笑顔になりますね」

草柳がぽつりと言った。

「たしかに、これは壮大な炙りだわ」

覚醒剤が燃え、気体となって方々に飛んでいくことになる。それと気付かず多くの人が吸い込むことになる。覚醒されるが、ほんのわずかな時間だけだ。

「まぁ、大損害を受けた紅蛇連合と中国の機関は笑えないだろうけどね」

芽衣子はアクセルを踏み込んだ。

一刻も早く、此処を立ち去らねば、自分もキマってしまいそうだ。

2

皇居を望むAホテルで、『芸能娯楽推進議員連盟』のパーティが開かれていた。

最大キャパの宴会場『桃の間』には、千人を超す支援者、関係者が集まっている。

単純な資金集めのパーティと違い、芸能人やその関係者が多く参集しているので、華やかさに拍車がかかっていた。

官僚も多く集まっていた。経産省、文科省、観光庁それに総務省から多く動員されている。皆ネームプレートを付けているので、一目瞭然だった。

一方で、有名芸能人も多数動員されていた。名の知れた大物が多い。若手のアイドルもいる。日頃霞が関で法案を練っている官僚たちには眩しく映るはずだ。

須黒の力を見る思いだ。

衆議院の解散はまだ発表されていないが、任期満了が刻一刻と迫っている今日この頃だ。

「政治家と芸能人はとてもよく似ていますね」

演壇で民自党幹事長の瀬島信隆が、声を張り上げていた。

芽衣子は、民自党支援者に混じってグラスを握っていた。口は付けてはいない。

色とりどりのチャイナドレスを着たコンパニオンが周囲を熱帯魚のように回遊している。

その中に比沢美里の顔もあった。コンパニオンにインカムで指示を出しながら笑顔を振りまいている。

今夜集められているコンパニオンの全員が枕女優であった。

芸能界の首領とされるデラックスプロの社長須黒龍男と紅蛇連合の関係は、渡邊裕二の供述でよくわかった。

紅蛇連合は、Dプロの私兵のような存在であった。紅蛇連合もまた、Dプロの傘下にいることにより、様々な悪事がしやすくなっていたわけだ。

AV女優のスカウトに、表の芸能界の看板ほど役に立つものはない。

また特殊詐欺の演技者にも、タレント崩れは威力を発揮していたのだ。

特殊詐欺の成功の可否は演技力にある。元々そこを鍛えたタレント崩れ、役者崩れは、素人のかけ子や出し子よりもはるかに上手い。

そうしたことから、半グレと芸能界は、かつての用心棒的存在でしかなかった極道との関係よりも一歩踏み込んだ関係に深化していたわけだ。

芸能界マフィアはこうした仕組みで構成されたわけだ。

かつてのヤクザと芸能界ではない。

半グレと新興芸能プロが一体となって、マフィア化したのだ。その中心にいるのが、新興芸能プロを束ねるDプロの須黒ということになる。

ここまでが渡邊との答え合わせではっきりした。

答え合わせといっても、聞き出した芽衣子の頭の中で合わせただけだ。

芽衣子のネタは、渡邊には渡していない。

国益に関することだ。言うわけにはいかない。

芸能界マフィアと中国の機関が融合してしまっていたのだ。

「これから、C－ポップが若者の心を捉えます」

瀬島が声を張り上げた。

――そら来た。

と芽衣子は舌打ちした。

「多くの芸能プロの経営者さんたちが、日中の緊張緩和のために尽力くださることになっています。国家体制の違う国と理解し合うのは誠に難しい。観光であれだけ中国からのお客様が来てくれて、観光業や飲食業に貢献してくれても、どうしても国民は、かの国の国家体制ばかりを見てしまう。体制に対する嫌悪なんですね。でも、アイドルやスターに熱中する気持ちはどちらも変わらない。中国にも多くの日本のアイドル、演歌歌手、役者さんを支持する人々がいる」

瀬島の演説は絶好調だ。

聞きながら、芽衣子は演壇の近くで総務省官僚と談笑する、ひとりの男に眼を付けた。

鳴海《なるみ》省吾《しょうご》。五十二歳。内閣情報調査室《サイロ》の首席情報官だ。室長候補になるべき逸材と言われながら、傍流を歩いているそうだ。

――あいつだ。

新宿東署の組対四係係長勝田光男を手なずけ、親中派陣営に引き入れた張本人だ。

公安《ハム》と内調《サイロ》は同じ諜報機関として積年のライバル関係にある。

ただし、立場が違う。

警察庁及びその傘下の警視庁、道府県警本部の公安が、政治とは距離を置くことを旨としているのに対して、内閣府直轄であるサイロは、時の政権と密着しやすい。

特に長期政権の場合、その傾向は顕著に表れる。

官邸のための情報機関になってしまうのだ。

したがって、政権によって主流派と傍流が入れ替わりやすい。

現在の政権のスタンスは親米路線だ。

情報機関は、政権のためではなく、国家のためでなくてはならない、というのが公安のスタンスだ。

親中派政権を誕生させたいサイロの傍流が、幹事長の手兵《しゅへい》として動き出している。

そこに芸能界マフィアが乗った。

「この、芸能プロの皆さんに応えるには、ひとつ放送局を持たせてやることですよ。通信衛星《CS》局の免許をたとえばデラックスプロさんが持つ。それで、各プロダクションのタレントさんを平等に出演させる。おいっ、総務省の役人、聞いているかね。そういうことをきちんと定款に入れたらいい」

瀬島が場内を見渡した。

中国の機関の思う壺だ。

コンパニオンたちが積極的に、総務省の官僚に近づいていた。ネームプレートを覗き込んでいる。

認可審査に権限を持つ官僚たちの名簿が流れている。亮が身体を張って、ゲットしたものだ。

まずい。

コンパニオンたちが渡しているグラスには、シャブが混じっている。ハイな気分にさせて、寝技に持ち込むつもりだ。

芸能界マフィアの得意技だ。

表捜査なら、ここで薬物担当刑事が雪崩れ込めば一網打尽にできる。だがこれは裏処理案件だ。

これだけの芸能人が揃っている現場では、社会に与えるインパクトが大きすぎる。

それもまた瀬島と須黒の計算のうちなのだ。

芽衣子は須黒を探した。

須黒は、目立たぬように、会場の奥まった位置に立っている。渡邊の供述によると、須黒はとにかく目立つことを避け、黒子に徹することを信条にしているという。ある意味、昔気質《かたぎ》の業界人だ。いまどきの芸能プロの社長なら、政治家や官僚を前にしたら、どんどんしゃしゃり出る。

タレント以上に自らが目立とうとする経営者たちも多い。

須黒龍男は、ひとり、寿司を摘まんでいた。

芽衣子は近づいた。

「須黒さんですね」

傍らに寄り会釈をすると、須黒は、さっとテーブルの端に皿を置きサイドポケットから革製の名刺入れを取り出し、差し出してきた。

「はじめまして。デラックスプロの須黒と申します。どうかよろしく」

深々と頭を下げてきた。巷間《こうかん》、囁かれる芸能界の首領、あるいは芸能マフィアの帝王と呼ばれるドス黒いイメージとはほど遠い。

しかし、裏返すと、この平身低頭ぶりに、皆やられるのだ。

特に官僚や世襲議員や世間知らずの成り上がり経営者は、そもそもが不遜だ。低く出てくる須黒を見くびっては、墓穴を掘るのだ。

相手を安心させてから、じっくり罠を仕掛けるのだろう。

「私は名刺はありません。梶裕子と申します。トレーダーです」

「それはそれは、たくさん、資産をお持ちのことでしょう。ぜひ、私の放送局にご投資ください。ベネフィットは、金銭以上のものをお付けします」

見事なまでにオーラを消している須黒が、ゆっくりとした口調で言ってきた。

「金銭以上のベネフィットとは？」

「有名芸能人の価値は、いわばプライスレスです。いかようにも、セッティングいたしますよ」

須黒が恵比寿顔で言う。だがその眼は決して笑っていない。

「いかようにも……」

芽衣子は鸚鵡《おうむ》返しに言い、小首を傾げた。

「はい、梶さんのビジネスにご活用いただいても、はたまたプライベートなお供にでも、私がいかようにでも取り計らいます。ご所望とあらば、われわれDプログループ以外のタレントやスポーツ選手などでも、お時間さえいただければ、どうにかします」

手短だが見事なプレゼンテーションだ。

成功している経営者ほど、会話に無駄がない。そのくせ、愛嬌がある。

ならば、芽衣子も端的に切り出すことにした。

「単刀直入に言います。ここにいるチャイナドレスを着た売春婦たちを、早々に引き上げさせてもらえませんか」

芽衣子は顎を撫でながら壇上を見やった。

壇上では、瀬島が演説を続けている。そのすぐ脇でリイロの鳴海が、中国国旗のピンバッジを付けた中年の男と談笑していた。中国大使館の外交官か事務官。いずれにせよ表と裏の双方の顔を持った男だろう。

中国の機関のメンバーと見るべきだ。

「梶さん、なかなか妙なことをいいますね。今夜のコンパニオンはたしかに、私どもの系列事務所所属のタレントの卵たちですが、売春婦とは失礼だ。いくらかでも生活費の足しにしてもらうために、こうした会では、接客のアルバイトを世話しているまでで」

須黒はクレームを入れてきたが、決して声を荒げたりはしない。

忍耐強い男だ。

「須黒さん、夏目亮さんのお父さんですよね」

面倒くさくなってきたので、デッドボールを投げた。

さすがに、須黒の眼が吊り上がった。耳朶《じだ》も紅く染まりだす。

「なにを言い出す」

声が震えていた。

「亮君に白状させました」

芽衣子はシレッと言った。

「あいつは自分の父親の記憶がないはずだ。生まれたときからいないのだから」

須黒がスーツの袖で額の汗を拭った。

「誰からも知らされなくとも、自分で気がついたようです。そりゃ、仕事を通して、日々顔を合わせていればわかるでしょう。顔も性格も似ているなと」

「ありえない」

須黒が顎を横に振った。

「夏目茉奈さん、二十五年前に香港映画に出演したときに、中国の機関の罠に落ちていたんですね。当時はまだ英国統治だったのに、すでに本土からの工作員が跋扈《ばっこ》していたとはね」

亮を倒してからうすうす気がついていた。須黒と亮は眼も鼻筋もそっくりなのだ。

「くっ」

須黒が唇を嚙んだ。

「当時事務所の社長として、あなたは何度も香港に陣中見舞いに行っていた。まだ五十代の頃ですね。そこで亮君の命が宿った」

香港が英国から中国に返還されたのは、一九九七年。いまから二十四年前のことだ。英国領時代の香港は、ファーストネームに英名を持ってくることが普通で、ブルース・リー、ジャッキー・チェンみたいな呼び方だった。

いまみたいに漢字ばかりで表記されることもなかったはずだ。

「当時、事務所の社長だったあなたは、夏目茉奈さんの滞在中に、なんども香港に陣中見舞いに行っている。そんなときに、亮君の命が宿った。事務所の社長として所属女優に手を付けたことは、何としても伏せたかった。あなたのカリスマ性にも影響するし、政財界の大物たちにも愛でられていた夏目茉奈の人気も考慮した。でも、バレたんですね……大陸の工作員に」

当時としてはシングルマザー宣言をした方が、進歩的な女優と捉えられただろうし、父親の名を明かさないことは、女優としてミステリアスな輝きを持つことにもなった。そうした演出をすべて考案したのは須黒であろう。

「厳密に言えば、工作員だったかどうかは疑問だ。当時の香港の各映画会社は、どこも黒社会《ヘイシャーホエ》の支配下にあった。他には華僑マフィアも香港とマカオを拠点に暗躍していた時代だ。奴らは、体制の変化に目ざとく、どうにでも転がる。二年後の中国返還を目論み、我々を売ったのさ。日本での使い道を考えてな」

須黒が白状した。テーブルに載せたままの、寿司の皿を取り直した。

中トロを口に放り込んで、穏やかな眼を向けてきた。

「それで、コンパニオンを引き上げたら、それでいいのか？」

「C－ポップの輸入も、放送免許も諦めて」

須黒が口を曲げた。

「表の仕事もNGとはな、やつらは、必ず放送免許を取らせる企業を探し出すぞ。ネット企業やAV制作会社なんかをうまく仕立て上げてくる。放送法では、外資の比率が限られているから、傀儡《かいらい》企業を必ず見つけ出そうとする」

「そうした情報を今後も出してくれたら、須黒さんに関しては与党とみなしますが」

「あんた公安だな」

須黒が口辺を上げた。

「さぁね」

「中国のエージェントだったのを今夜から公安の情報屋《エス》になれと？」

「芸能界マフィアの首領でしょう。変わり身が早くなきゃ。香港の黒社会同様にね。そっちとも連携しているんでしょう」

悪党は共産党と組んでいるわけではない。悪党が組む相手は悪党だけだ。

「わかった。腹を括ろう。アイム　ア　ジャパニーズ。ハバハバＯＫだ」

ハバハバＯＫは愉快だ。

六本木育ちの祖父もよく使っていた。戦後の混乱期、進駐軍相手に使っていた和製英語でハブ・ア・ナイスデイとエブリデイＯＫを混成させた語で、なんでもＯＫということだ。占領下世代の須黒はさぞかし香港でハバハバＯＫを連発していたことだろう。

「ではまず、コンパニオンを少人数ずつ引き上げさせて。それとブツも持っていたら、すぐに処分させて」

「承知」

須黒が、胸の前で、人差し指を上げた。同じような黒のスーツを着た男が、速足で歩み寄って来た。

「撤収だ。女を五分単位で十人ずつ下げろ。入れ替えに、ホテルの通常コンパニオンを挿し込め。四十分で入れ替えだ。いいな」

「わかりました。夜の営業は？」

男が聞いた。

「すべてバックレだ。アポを取った女は、あえて断らず、そのまま逃げろ。責任は俺がすべてとる」

「はいっ。おやっさんの指示とあらば」

男が去って行った。

コンパニオンのひとりに耳打ちしている。美里だ。美里が首を横に振っている。撤収を拒否している様子だ。

男は怒気をこめた顔をして、他のコンパニオンのもとに移って行った。

「自由恋愛なんだ。俺らから寝ろと指示を出すことは、百パーセントない。だから、撤収と指示しても『やりたい！』という女を、無理やり引っ張り出すわけにはいかない」

須黒がぼそっと言った。

「いま拒否した子は、今夜、その気なんでしょうね」

「美里という。内調《サイロ》の首席情報官を落としにかかっていたから、アポが取れたんだろう。今度は俺を脅してくるかもしれない。常に下克上の業界だ」

須黒が顔を顰めた。

「それは、私が何とかします。芸能界は、いま微妙な時期ですね。ケツ持ちのヤクザが力を失くし、半グレが芸能プロを経営している時代。カリスマが倒れると、余計に統制がとれなくなりそう。須黒さん、あと五年ぐらい頑張ってください」

芽衣子は須黒の背中を軽く叩いた。

「国のスパイから励まされるとは思っていなかった」

「そのぶん、須黒さんのストレスを軽くしてきます」

今度は芽衣子が深々とお辞儀をしてその場を去った。

3

宴会場ではまだ『芸能娯楽推進議員連盟』のパーティが続いていた。コンパニオンの半数がすでに入れ替わり、会場内をうろついていた紅蛇連合のボディガードや

Dプロ系の芸能関係者たちも徐々に消えていた。

知らぬは政治家や官僚たち、それに最後まで残るように指示を出されている芸能人たちだけだ。

芸能人が引き付け役になっているのだ。

芽衣子は美里が手洗いに出るタイミングで後を尾けた。顔が変わっているので、気づかれることはない。

美里は、クロークで小型のボストンバッグを受け取り、トイレに入った。

ピンときた。

――着替えだ。

ならば、と芽衣子もクロークにリュックを取りに行った。女王の七つ道具が入ったリュックだ。

しばらくトイレの前で待つと、美里が出て来た。スリットの深いチャイナドレスから、黒のロングドレスに着替えている。

その下にボンデージを身に着けていることだろう。ボストンバッグは持ったままだ。エレベーターホールに向かいながら、スマホを取り出し電話をしはじめた。

『鳴海さん、準備出来ましたよ。先にお部屋に入っています』

いよいよプレイタイムのようだ。

エレベーターがやって来た。美里が乗り込む。芽衣子も同乗した。黒のパンツスーツにリュック。働く大手町《おおてまち》ガールっぽい。

美里は、二十三階を押した。芽衣子はRを押す。

数秒で二十三階に着いた。降りようとする美里の手を握り、すぐに「閉じる」のボタンを押した。

「なによ、あんた。喧嘩売る気」

眦《まなじり》を吊り上げた美里が振り向いた。ショートカットの黒髪がわずかに乱れる。

「そう、喧嘩売りに来たの」

いきなりビンタを見舞ってやった。

ハイヒールを履いた美里がぐらつく。ロングドレスの胸襟を鷲摑《わしづか》み、ガクガクと揺らしてやる。胸元が裂けた。中から真赤なボンデージが現れる。

「似非《えせ》女王ね」

「うるせえっ」

美里がいきなり体当たりをかましてきた。エレベーターが激しく揺れた。

チーンと古式ゆかしいベルが鳴って扉が開いた。屋上だった。

芽衣子と美里は転がり出た。

星空の下、目の前には皇居が広がっていた。都会のど真ん中にある深い森だった。延々と闇が続いている。そこだけは徳川家康が居住して以来約四百年、変わらぬ状態なのだ。

美里が先に長鞭を取り出した。

無手勝流に振り回してくる。

「そんなんじゃ、牛も追えないわね」

芽衣子もリュックから長鞭を出した。二メートルサイズだ。尖端にダイヤモンドをちりばめてある。威力を増すための錘《おもり》だ。

月に向かって尖端を振り上げた。鞭の尖端が夜空に煌《きら》めいた。

「なんだとぉ」

美里が鞭を水平に放ってくる。

が、その直前、顔面に芽衣子の鞭が舞い降りる。

「うわっ」

黒革の鋭利さが違っていた。こいつは切れる革だ。ナイフで切られたように、美里の顔面から血が湧いてきた。

「ちくしょう！　やりやがったな」

美里が脱いだハイヒールを、芽衣子の顔面目がけて投げつけた。腕で簡単に払う。真っ赤なハイヒールが屋上の柵を越え、内堀通りへと飛んでいく。ちょっとシュールな光景だ。

「コスプレの女王なんか怖くもないわ」

歌舞伎町のキングから美里と幸子の情報が入っていた。ふたりは、コスプレイヤーとしてボンデージや女王ファッションを楽しんでいた。

不良時代からの趣味だったらしい。

それが、ハニートラップにかけたアイドルや官僚に受けた。

本物のSMクラブの扉を開けることや、デリバリー女王を呼ぶことには躊躇《ためらい》があるが、自分の彼女と楽しみたいレベルの『プチM』は多く存在する。

美里と幸子は、何度か寝た男たちに、プレイを持ちかけていた。

鞭に歓喜の声をあげる姿を隠し撮りされたアイドルや官僚、政治家は、その秘密を暴かれることを恐れ、言いなりになっていくのである。

「鞭はこうやって打つのよ」

芽衣子は、鞭を水平に打った。

「うわっ」

美里の括《くび》れたウエストに巻き付く。ぐっと引き付けた。締まる。革が真っ赤なボンデージの腹部に食い込んでいく。

「うぅううう」

「内臓の輪切りって、見てみたい」

さらに引いた。ビニールレザーのボンデージがビリビリと破れる。

「ふざけんなよ、おまえ」

「いままで、何人の官僚や政治家を罠に嵌めたんだよ」

芽衣子は長鞭で充分に締め上げ、美里の動きを止めたまま、リュックから防犯用のハバネロスプレーを取り出した。武器などすべて通販で揃うものだ。

鞭で切り傷が出来た顔に、シュッと噴きかける。

「うわぁあああああっ。熱い、顔が熱いよ！」

暴れるが、胴を締められているため、動きは小さい。

「嵌めた政治家と官僚の名前を言ったら、水で流してやるよ」

芽衣子は、ミネラルウォーターの入ったペットボトルを振ってみせる。

「言う、言うよ。阿川泰明《あがわやすあき》、松本重四郎《まつもとじゅうしろう》、それに……」

美里は、議員や官僚、それに実業家の名前を早口でまくし立てた。

芽衣子はすべてボイスレコーダーに録音した。

「隠し撮りをした後に要求したことは？」

芽衣子は足払いをかけた。美里がコンクリートの上に転ぶ。ボンデージの臀部《でんぶ》を蹴った。

「あうっ」

開閉式のクロッチをローファーの爪先で開ける。女の渓谷が露出した。よく手入れしているらしく、花びらは見事なピンク色だった。

ハバネロスプレーのノズルを銃口のように秘孔に向けた。

「やめろ、それはやめろ。うちらは、隠し撮りまでしたら、それで終わりだ。脅すのはDプロと紅蛇連合の武闘派たち。何を聞き出したり、せしめていたのかは知らない」

美里が涙と鼻水を流しながら言っている。

「今夜の相手の鳴海のことはどこまで知っている」

さっと花びらにハバネロを噴きかけた。ピンクのハバネロがオレンジに染まる。

「うわぁあああああ」

夜空に悲鳴が舞い上がる。クリトリスにノズルを突きつけた。この女に最初にマトにかけられた時の怒りがまたふつふつと湧いてきた。

「言いなよ」

「須黒さんや瀬島さんだけじゃなく、中国の偉いさんとつるんでいる。たぶん芸能界を乗っ取れるラスボスだよ。あいつを動かせたら、私、上海の大きな映画に出れるかも。もうDプロは、私にさほどいい役は回してこないもの」

「鳴海をここに呼びなよ」

最後のシナリオに入った。

「わかった。けど、どうしようというのさ」

「あなたをよろしくって、頼んであげる」

適当に言った。

リュックから、ブランデーボトルを取り出して、美里の顔の前に置く。カミュのXOだ。

「あの手のおっさんは、シャンパンじゃない。ブランデーよ」

芽衣子は微笑した。

渡邊に、恨みを晴らしてやると約束しているのだ。

美里がスマホをタップした。

「おいっ。いつまで待たせる気だ」

「鳴海さん、部屋じゃなく屋上でプレイしよう。ここ空中庭園みたいになっている。しかも時間外だから誰もいないのよ。気持ちよく打ってあげる」

美里が顔からオレンジ色の雫を垂らしながら、誘い込んだ。

「わかった。すぐに行く」

ほどなくして、鳴海省吾がやって来た。この男と幹事長の瀬島だけは、シャブを薄くまぶした酒に手を出してはいなかったはずだ。

「美里、どこにいる。あんまり遊んでいる暇はないんだ。中国大使館の幹部と、六本木に出ることになった」

湿気をたっぷり含んだ風に髪を煽られながら鳴海が歩いてくる。

「こっちです」

美里が中央に立っていた。顔は洗ってやっている。

ヘリコプターが緊急着陸できるようになっている位置だ。Hの文字の真ん中だ。

クロッチは外したままで、陰毛が覗いていた。

「おうっ。やっぱボンデージはいいな」

鳴海の足が速くなる。

芽衣子は、床に伏していた。美里には、自動釘打ち機を向けていた。高圧式だ。ある意味拳銃より恐怖を煽る。

発射すれば、あっという間に顔や腕に無数の釘を打ち込むことになる。通販で五千円。本当に武器は通販で揃うのだ。

「先に舐めたい。勃起した方が鞭が効くから」

美里が指示通りのセリフを吐いた。

「わかった。わかった」

鳴海省吾が、いそいそとベルトを緩め、ファスナーも下げた。日本で一番偏差値の高い大学を出て、高度な情報分析を行う官僚も、発情ばかりは自制できないものだ。

美里が、さらにズボンとトランクスを足首まで引き下ろしてしまった。だらん。半勃ちだった。

「大きくしてあげる」

美里がバナナに唇を被せた。ゆっくり頭を動かしている。

芽衣子は、匍匐《ほふく》前進した。片手にブランデーボトルを握っていた。鳴海の垂れた尻が満月のように目の前に見えた。

「うぅっ、いいっ。もう硬くなっただろう」

鳴海が尻山をわずかに痙攣《けいれん》させた。

その瞬間を狙った。

「えいっ」

と躍り出て、芽衣子は、ブランデーボトルを鳴海の尻の窄まりに突き刺した。

「うわっ、おぅううう」

意味不明の呻きが聞こえた。ボトルをガンガンと突く。

「んががががっ」

鳴海が床に両手を突いて這いつくばった。ボトルネックは尻に刺さったままだ。

ドクドクとブランデーが流れ込んでいく。

「中国共産党の手先になっていたわね」

顎を蹴り上げた。

「くわっ」

鳴海が眼を大きく開く。茶色の液体を吐きながらのけぞった。すでに酔いが体中に回っている。

「あんた、話が違うじゃないっ」

美里が尻もちをついたまま、肩を震わせていた。外れたクロッチ部分から女陰が丸見えだ。

「比沢美里、あんたも同罪なんだよ。私をシャブ中に仕立てやがって」

どてっぱらに回し蹴りを見舞ってやる。

「あうっ」

美里が仰向けに倒れた。鳴海の尻から抜いたボトルを、美里の口に押し込んだ。

「ぐえっ」

ゴボゴボと吐き上げているが半分以上は喉の奥に流れ込んでいる。ふたりとも酩酊したまま倒れている。

「さてと」

芽衣子は、ジャケットの腕をまくった。ポケットから持参の注射器を取り出した。ほんのわずかだがシャブを溶かした液が入っている。

静脈に流し込んだ。三十秒で、興奮してきた。出ないはずの力が出るのだ。違法行為だが自己責任だ。明日ぐっすり眠ればいい。

芽衣子はまず鳴海の身体を抱き上げた。屋上の柵に干すように載せる。その体が風前の灯し火のように揺れている。続いて美里も同じようにする。

突き落としたりはしない。

勝手に落ちてもらう。

幅三十センチほどの柵の上に男女を置いて、芽衣子は離れた。夜風にふたりの身体が揺れている。

エレベーターの前まで戻り、特殊閃光弾《スタングレネード》を抜き出す。エレベーターを呼んだ。上がってくる。扉が開いたところで、プルトップを抜き、転がした。

エレベーターに乗る。一階を押す。

最新型エレベーターは急降下した。

ドカン、という音を聞いたような気がしたが、よくはわからなかった。百八十デシベルの音と、百万カンデラの光が周囲に走ったはずだ。

どっちに落ちたか？

柵の外側か？　内側か？

一階のエレベーターが開いた。

エントランスが騒がしかった。ベルボーイが数人叫んでいる。

「酔っ払ったお客様が落ちてきました。事故です。救急車を」

芽衣子は、リュックを背負ったままホテルを後にした。小口に電話する。

「任務終了。エレベーター内、屋上の防犯カメラ映像はうまく修整してください」

「了解、お疲れさん。新宿東署の勝田光男と芦川幸子は、マトリに売った。間もなく逮捕される」

救急車のサイレンが徐々に大きくなってきた。

「次は、どんな名前になって、どこへ配属されるのでしょう?」

「しばらくは、梶裕子だ。年が明けたら、財界マフィアと闘ってもらう。それまで英気を養え」

それだけ言うと小口が電話を切った。

桔梗門《ききょうもん》の前でセダン車が止まった。

助手席のサイドウインドウが降りる。

「一杯やるか。マロニエ通りにいい店がある」

先輩の萩原だった。

「はい。打ち上げ、お願いします」

芽衣子は、助手席に乗り込んだ。

光文社文庫

文庫書下ろし

ザ・芸《げい》能《のう》界《かい》マフィア　女王《じょおう》刑事《デカ》・紗倉《さくら》芽《め》衣《い》子《こ》

著者　沢《さわ》 里《さと》 裕《ゆう》 二《じ》

2021年9月20日　初版1刷発行

発行者　鈴木広和
印　刷　豊国印刷
製　本　榎本製本

発行所　株式会社 光文社
〒112-8011　東京都文京区音羽1-16-6
電話 (03)5395-8149　編集部
8116　書籍販売部
8125　業務部

落丁本・乱丁本は業務部にご連絡くだされば、お取替えいたします。
ISBN978-4-334-79241-1　Printed in Japan

組版　萩原印刷